@

OETINGER TASCHENBUCH

W0267641

David Fermer

California Dreaming

100 geniale Tage in San Diego

Oetinger Taschenbuch

Zum Anschauen der Videoclips einfach QR-Codes scannen!

Die komplette *California Dreaming*-Playlist findest du auf YouTube:
https: // www.youtube.com / user / oetingerverlag / playlists

MIX
Papier aus verantwortungsvollen Quellen
FSC® C014496
FSC
www.fsc.org

1. Auflage 2015
Originalausgabe

Umschlaggestaltung: Hauptmann & Kompanie Werbeagentur, Zürich
© Bildmotiv: Hauptmann & Kompanie Werbeagentur, Zürich
Druck: GGP Media GmbH, Pößneck
ISBN: 978-3-8415-0368-8

www.oetinger-taschenbuch.de

Für alle, die in ihrer Jugend
eine Reise ins Ausland wagen.

Keep your sense of humor!

Viel Glück!

DF

Lesen?

Nee. Ich kann nicht lesen.

Matze

Dumped

Hast du dich je verliebt? Ich meine, richtig verknallt?

Ich rede nicht von diesem Kribbeln im Bauch, das man von früher kennt, diesem innerlichen Flattergefühl, das zeitweise den Eindruck erweckt, dein Körper setze sich leicht gegen die Schwerkraft ab. In der Grundschule verliebt man sich dauernd. In das kecke Mädchen mit den wilden Locken und der heiseren Stimme oder in den filigranen Jungen mit den schwarzen Adleraugen und den kantigen Wangen. Zu Hause erzählst du, dass du in Soundso verliebt bist. Wenige Zeit später sprichst du über ein anderes Mädchen, in das du auch verliebt bist, und in deinem neuen Sportverein begegnet dir wieder ein hübsches Mädchen, das ebenso toll ist und das genau das gleiche Glücksgefühl in dir auslöst. Auf einmal bist du in vier verschiedene Mädchen verliebt. Zeitgleich. Und obendrein in einen Jungen. Er ist zwar dein bester Freund, aber warum solltet ihr nicht später heiraten und gemeinsam Kinder adoptieren? Mit sieben Jahren ist der Unterschied doch gar nicht so groß.

Allmählich wird dir bewusst, dass der Weg, den du für dich gewählt hast, ein schwieriger ist. So wird das nichts. Du kannst schlichtweg nicht in fünf verschiedene Menschen gleichzeitig verliebt sein. Das ist viel zu anstrengend. Außerdem beunruhigt dich die Aussicht, dass im Laufe der Zeit noch ein paar Kandidatinnen dazukommen werden. Bei diesem rasanten Tempo wirst du bis Ende des ersten Schuljahres eine eigene Fußballmannschaft gründen können, in der ausschließlich Mädchen spielen, in die du verliebt bist.

In der Flut dieser Gefühle drohst du zu ertrinken. Du fühlst dich vom Leben betrogen. So wolltest du es gar nicht. Du hast es überhaupt nicht darauf angelegt. Du bist ein Opfer deiner eigenen Lebensfreude.

Irgendwann triffst du die Entscheidung: So kann es nicht weitergehen. Du lässt das Ganze. Es gibt andere, viel bessere Sachen im Leben, mit denen du dich beschäftigen kannst, wie Fußball und Schwimmbadrutschen und tiefe, dreckige Pfützen. Du schraubst dieses Ventil zu. Bremsen an, Deckel drauf, Schlüssel weg. Interessiert dich nicht. Willst du nicht. Langweilig. Doch irgendwann kommst du in die Sekundarschule, und alles geht wieder von vorne los.

Nein, ich rede nicht von dieser Art des Verliebtseins, das mehr eine kindliche Projektion als ein Ausdruck deiner bewusst gewordenen Neigungen ist. Ich rede von der wahren Liebe, dieser furchterregenden Gefühlsexplosion, die den Kern deines Körpers zum Bersten bringt und dich k. o. schlägt, dem elektrisierten Zustand, der dich gänzlich in Besitz nimmt und dich aufzuzehren droht, weil er in jede Zelle deines noch wachsenden Körpers und in jeden wachen Augenblick deines überfüllten Tages hineindrängt. Die Liebe ist nicht nur schön, nein, sie ist auch beängstigend. Sie zwingt dir ein Gefühl der Ohnmacht auf, weil du auf einmal glaubst, dass du ohne diesen einen Menschen nicht mehr leben kannst. Ohne sie wirst du nie vollkommen sein. Du brauchst sie.

Wer dieses Gefühl kennt, weiß, wie es Valentin ging.

Valentin war sechzehn, als er sich zum ersten Mal verliebte. Er hätte sich schon viel früher verlieben können, aber er hatte es nicht getan. Er war von Natur aus ein vorsichtiger Typ. Er wusste, welche Gefahren sich dahinter verbergen.

Nicht dass es ihm an Chancen gemangelt hätte. Im Gegenteil. Valentin war ein begehrter Typ. Er war groß und kräftig und hatte einen athletischen Körper, der sich dank seiner jahrelangen Mitgliedschaft im Schwimmverein entwickelt hatte. Kein Gramm Fett lauerte unter seiner Haut, seine breiten Schultern dehnten jedes T-Shirt. Doch solange er sich erinnern konnte, fühlte sich Valentin anders, als er wahrgenommen wurde. Er war nicht, wie er aussah.

Dann kam Anne. Mit fünfzehn zog sie nach Hamburg und meldete sich in Valentins Schwimmverein an. Anne war bildschön. Valentin beobachtete sie monatelang aus sicherer Entfernung, lauschte dem Auf und Ab ihrer Stimme, als wäre jede ihrer Äußerungen wie eine kleine Komposition, die niemals wiederholt werden könnte. Er liebte ihr Gesicht. Er liebte ihr Lachen. Er liebte es, wie sie sich bewegte. Er hätte sie gerne berührt, ihre Haut, ihre Haare, ihre Hände. Sie war so frei. Viel freier, als er je hätte sein können. Sie war, wie sie aussah: einfach perfekt.

Valentin war nicht der Typ, der sich in den Vordergrund schob. Im Schwimmverein sprach er kaum mit ihr. Selten ging es über ein knappes »Hi« oder ein freundliches »Wie geht's?« hinaus. Er hatte sich auf den ersten Blick in sie verliebt, aber er traute sich nicht, sie anzusprechen. Zumindest so lange nicht, bis sein bester Freund Matze die Geduld verlor und ihm mit der Kündigung ihrer langjährigen Freundschaft drohte.

»Frag sie, ob sie mit dir ins Kino geht. Frag sie, ob sie Lust auf Pommes hat. Frag sie irgendwas! Nur: SPRICH MIT IHR!«

Ihm war es schon immer ein Rätsel gewesen, dass Valentin jedes Mädchen der Schule hätte haben können, er sie aber nicht wollte. Er wollte nur Anne. Und er bekam sie auch.

Kurz vor seinem siebzehnten Geburtstag, getrieben von der Wahl, vor die ihn Matze gestellt hatte (»Ich meine es ernst!«), nahm Valentin seinen ganzen Mut zusammen und lud Anne ins Kino ein.

Zu seiner großen Überraschung sagte sie »Ja«.

Am Anfang war alles schön, wie der erste Frühlingstag nach einem langen, dunklen Winter. Sie waren ein richtiges Paar. Anne war auch in Valentin verliebt, das merkte er schon. Wie sie ihn anschaute, wie sie lachte, die Zärtlichkeit, wie sie ihre Hand in seine legte. Doch trotz dieses blühenden Einklangs, trotz Valentins schwindelerregenden Deliriums, lauerte eine dunkle Wolke vor dem sonnigen Himmel ihrer Beziehung, eine beklemmende Vorahnung in der Tiefe seiner Seele, die er nicht einmal in den glücklichsten Momenten ihres Zusammenseins beiseiteschieben konnte.

Dieses Gefühl flüsterte ihm ins Ohr: *Irgendwann wird es zu Ende sein.*

Noch grauenvoller war die Vorstellung, dass danach alles wieder wie früher sein würde, ohne dass es wie früher sein konnte, denn Valentin war jetzt ein anderer Mensch geworden. Er war klüger, stärker, schneller, lustiger, unverwundbar. Er redete mehr, traute sich mehr zu. Die Mädchen aus seiner Schule schienen ihn plötzlich anders wahrzunehmen, als wäre ihm ein großes Geheimnis zuteilgeworden, das nur sie entschlüsseln konnten.

Es folgten sieben Wochen Liebesglück.

Bis zu einem sonnigen Samstag im Juli.

Wie so oft in seinem Leben wollte Valentin den brütend heißen Sommertag am Strand verbringen. Mit Matze im Schlepptau legte er die Strecke mit der Bahn zurück, stieg in Timmendorfer Strand aus und ging zu Fuß zum Meer. Der Strand war gerammelt voll, also machten sie sich auf den Weg zur Nordseite, wo sich meistens weniger Leute aufhielten. Die Sonne dehnte sich über den ganzen Himmel aus, als wäre er eine einzige Lichtquelle. Valentin war für solche Tage gemacht, für das Wasser und das Meer.

Auf einmal erblickte er Anne in den Dünen. Wie eine flimmernde Fata Morgana saß sie dort auf einer Decke, die Beine angezogen, allein, umringt vom Schilf, das sanft in der Mittagsbrise wehte. Die Sonne ließ ihr langes blondes Haar schillern. Sie hatte ihren schwarzen Badeanzug mit den weißen Streifen an, den Valentin aus dem Schwimmverein kannte, und starrte regungslos durch ihre Sonnenbrille in den Himmel hinauf, als hätte sie dort etwas entdeckt.

Valentin konnte seinen Augen kaum trauen. Er hatte am Vorabend mit Anne telefoniert, ihr vorgeschlagen, zusammen zum Meer zu fahren, aber sie hatte keine Zeit gehabt. »Ich kann leider nicht«, hatte sie gesagt. »Ich gehe morgen reiten.« Doch der Reitstall lag in einer ganz anderen Ecke. Entweder war Anne am falschen Strand angeschwemmt worden, oder Valentin war mit Matze in den falschen Zug gestiegen.

Er wollte gerade ihren Namen rufen, als hinter ihr ein Junge aus den Grasbüscheln auftauchte und an den Schnüren seiner Bermudashorts zog. Er war dunkelhaarig und braun gebrannt. Die hoch stehende Sonne warf konturreiche

Schatten über die Muskulatur seines durchtrainierten Oberkörpers. Als er sich neben Anne hinkniete, streckte sie die Arme nach ihm aus, schlang sie um seinen Hals und zog ihn zu sich hinunter.

Wenn Valentins Herz nicht schon beim ersten Anblick von Anne heftig geschlagen hatte, so drohte es ihm jetzt aus der Brust zu springen. Der ihm unbekannte Junge legte sich neben seine Freundin und küsste sie auf den Mund. Sie küsste ihn zurück. Sie wickelte ihre Arme um seinen Nacken, ihre Beine um seine Hüften, als wäre sie eine Kletterpflanze. Schwungvoll rang sie ihn zur Seite und rollte sich lachend auf ihn. Die Gesichter der beiden verschwanden hinter dem goldenen Schleier von Annes Haaren.

Valentin machte die Augen zu. Es war, als würde ihm jemand ein Messer in den Magen jagen, ein stumpfes, rostiges Messer, das vom Angreifer mit festem Griff im Kreis gedreht wurde – und noch ein Stück tiefer, und noch ein Stück. Die Geräuschkulisse des Strandes ebbte ab, bis er nur noch das Hämmern seines eigenen Herzschlags hören konnte.

»Mannomann!«, stöhnte Matze neben ihm, doch seine Stimme klang wie aus einer anderen Welt. Er legte die Hand auf Valentins Schulter. »Dummbratze!«

Na ja. Diese Dummbratze war Valentins Freundin. Seine erste obendrein.

Was machte sie dort mit dem anderen Jungen?

»Valentin!«

Annes Stimme stoppte Valentins freien Fall, aber er öffnete die Augen nicht. Er wollte diesen Moment auskosten, wenn er aus dem Albtraum aufwachte und feststellte, dass nichts Schlimmes passiert war, dass Anne ihn nicht betrogen hatte und es keinen fremden Junge gab, sondern sie noch zusammen waren.

Alles nur ein schlechter Traum. Ein böser Streich des Schlafes.

»Valentin!«

Niemand sagte seinen Namen so schön wie sie.

Matze packte ihn am Arm und versuchte, ihn wegzuziehen, doch Valentin ließ es nicht zu.

»Warte!«

Anne war jetzt so nah, er konnte ihr Gesicht mit geschlossenen Augen sehen.

»Valentin ...«

Er öffnete die Augen und sah ...

... es war alles zum Anfassen wahr.

Später ließ Valentin sich die schicksalhafte Begegnung in Timmendorfer Strand hundertmal durch den Kopf gehen, wie eine Szene aus einem Film, die in seiner Erinnerung in Dauerschleife lief. Er schaute sie so oft an, dass er jede Dialogzeile nachsprechen, jeden Blick und jede Geste vor seinem geistigen Auge aufrufen konnte. Er kannte die Kamerawinkel und das *Sound Design*, die Schnitte und die langen Pausen in- und auswendig. Alles hatte sich unauslöschlich in sein Gedächtnis eingeprägt. Es war eine Szene, die er niemals vergessen würde ...

STRAND AUSSEN / TAG

Anne bleibt keuchend vor Valentin stehen und holt tief Luft. Sie ist ganz rot im Gesicht.

ANNE

Valentin! Was machst du denn hier?

VALENTIN

Ich ... (*Er zeigt in Richtung Dünen*) Wer ist das?

Anne schaut schuldbewusst zu dem Jungen mit dem durchtrainierten Oberkörper. Er sitzt auf der Decke und blickt irritiert zu ihnen hinunter.

ANNE

Er heißt Faruk. Er ist mein Ex.

VALENTIN

Dein Ex?

ANNE

Wir hatten schon Schluss gemacht, aber dann ...

Anne senkt beschämt den Blick.

ANNE

Es tut mir leid, Valentin. Ich wollte es dir irgendwann sagen.

VALENTIN

Verstehe ich nicht.

In den Dünen legt sich der Junge wieder hin.

ANNE

Wir kennen uns schon so lange ...

VALENTIN

Und was ist mit mir?

ANNE

Du bist auch nett.

Nett? Das klingt wie warme Cola.

VALENTIN

Aber ... wir sind doch ein Paar.

ANNE

Ich weiß ...

Anne greift nach Valentins Hand. Er zieht sie zurück.

ANNE

Es war schön mit dir. Wirklich.

Valentin schaut weg.

ANNE

Es tut mir leid, Valentin. Es tut mir wirklich leid.

Valentin tat es auch leid.

Alles tat ihm leid. Der Anfang, die Mitte, das Ende.

Es hätte niemals passieren dürfen. Er hätte sich nie verlieben sollen. Er wusste schon immer, dass es nicht gut ausgehen konnte. Nun hatten sich seine Befürchtungen bestätigt. Er kämpfte gegen die brennende Säure an, die in seinen Augen aufstieg. Das Ende war gekommen, nur viel früher, als er es erwartet hatte.

The Land of Opportunity

Nach der Trennung von Anne konnte Valentin nur noch an eins denken: Er musste weg. Weg aus Hamburg, weg aus Deutschland, einfach WEG! Sein Leben zu Hause war nicht mehr auszuhalten. Jede Straße, jeder Fußweg, jeder Blick erinnerte ihn an Anne und daran, was er in ihr verloren hatte.

Zum Glück hatte er sich vor längerer Zeit für ein Austauschprogamm in den USA angemeldet. Er hatte schon alle Formulare ausgefüllt, etliche Bewerbungen geschrieben, Fragen beantwortet, das Visum beantragt, und seine Eltern hatten ihm ihre nötige finanzielle Unterstützung zugesagt. Jetzt machte er mächtig Druck, und es klappte schnell.

Binnen nur weniger Wochen befand sich Valentin in einem Flugzeug, das ihn von den Trümmern seiner zerrütteten Beziehung davontrug, Richtung Amerika, *the land of opportunity*, nach San Diego in Südkalifornien, dorthin, wo die Sonne immer scheint. Er hatte drei Monate Zeit, um die Qualen seines gebrochenen Herzens zu lindern, vierzehn Wochen, um die Scherben seines Daseins wieder zusammenzusetzen, hundert Tage, für die er sich fest vornahm, einen großen Bogen um das andere Geschlecht zu machen. Keine Mädchen, keine Flirts, keine Gefahr.

No way to love.

Lieber keine Liebe als ein gebrochenes Herz.

*

Valentins Gastfamilie in San Diego, die Kirbys, wirkte zuerst recht freundlich. Der Vater, John, war *attorney* (Rechtsanwalt), seine Frau Cathleen *dental assistant* (Zahnarzthelferin). Sie hatten drei Söhne: Stephen war neun, Kieran dreizehn, und Justin war, genau wie Valentin selbst, siebzehn. Kein Mädchen in seinem Alter, was schon mal von Vorteil war. Sie lebten in einem Stadtteil namens Clairemont, einem verhältnismäßig grünen Wohnviertel zwischen vier sich kreuzenden Autobahnen, voller kleiner, für sich allein stehender Häuser und Wohnblöcke, die von einem Netzwerk breiter Straßen gespeist wurden. Justin erzählte ihm, dass Clairemont Ende der 90er-Jahre bekannt wurde, weil ein ehemaliger Soldat einen Kampfpanzer aus einer nahen Militäranlage geklaut hatte und damit durch die Straßen gefahren war. Die Geschichte machte damals landesweite Schlagzeilen.

Das muss man sich kurz vorstellen: Du bist eines Abends zu Hause, siehst gerade fern oder hörst vielleicht Musik, als plötzlich ein riesengroßer Panzer an deinem Haus vorbeirollt. Du denkst, es muss ein Traum sein, aber dann machst du das Fenster auf, schaust auf die Straße hinaus und siehst, wie der Panzer um die Ecke biegt.

Kann passieren.

Die Kanone war zum Glück nicht geladen gewesen, doch die Bewohner von Clairemont hatten trotzdem einen ordentlichen Schreck bekommen.

Die Kirbys waren äußerst christlich geprägt und beteten vor jeder Mahlzeit. Eigentlich hatten sie Valentin nur aufgenommen, weil sein Vater Pfarrer war. Wenn sie gewusst hätten, welche geistliche Hand er wirklich über die Familie hielt, dann hätten sie es sich vielleicht anders überlegt. Valentins Familie betete nie zu Hause. Nicht vor dem Essen, nicht nach dem Essen, nicht, wenn sie ins Bett gingen, auch nicht zu Beginn des Tages. Valentins Vater war nicht der betende Typ. Er sagte immer, dass jeder nur für sich beten solle, wenn er denn überhaupt beten wolle, aber nicht auf Knopfdruck. Er war weniger der fromme Glaubensverfechter als die gesellige Vertrauensperson, die sich am liebsten um die Menschen kümmerte und dazu Rotwein trank. Oft schon hatte er die Sonntagsmesse nach draußen verlegt und die gesamte Gemeinde zum Grillen eingeladen.

Für Valentin liefen die ersten Tage in San Diego in unaufgeregter Routine ab. Er ging mit Justin in die Schule, folgte dem Unterricht und dem Schulalltag teilnahmslos, kam nach Hause, hörte Musik, aß und schlief, machte ein bisschen *Sightseeing* mit den Kirbys. Er befand sich in einem seltsamen Zustand der Dauererschöpfung. Nichts zu fühlen war aber immer noch angenehmer als die Aufregung, die er während der letzten Wochen durchlebt hatte. Er gönnte sich eine kleine Pause und schleppte sich wie ein Zombie durch die Gegend, zuversichtlich, dass er in absehbarer Zeit wieder unter den Lebenden weilen würde.

Am dritten Wochenende seines Aufenthalts endete diese Schonphase mit einer rauen Bruchlandung. Wie jeden Sonntag gingen die Kirbys in die Kirche.

City Sights

Sie waren Mitglieder einer sogenannten *Megachurch*, einer Kirchengemeinde, die sonntags einen riesigen Event-Gottesdienst veranstaltete, den Valentin schon miterlebt hatte. Fünftausend Menschen strömten in eine Hightech-Allzweckhalle, um sich zwischen rockigen Liedern und Erlösungsrufen die temporeiche Predigt eines ehemaligen Footballspielers anzuhören. Es war beeindruckend und beängstigend zugleich: Religion als bunte Unterhaltungsshow. Man musste sich gar nicht vorstellen, wie Jesus übers Wasser lief, man sah es buchstäblich auf der großen Videoleinwand vor sich, als Computeranimation in HD. Die Messe war ein einziger Adrenalinrausch.

Valentin hatte wenig Bedarf, die Show noch mal anzusehen. Er war nicht neuntausend Kilometer geflogen, um am Sonntag in die Kirche zu gehen. So klagte er über Jetlag und entschuldigte sich, aber seine Ausrede löste Panik bei seinen Gasteltern aus.

»You don't want to go to church?«, fragte John, der Gastvater. »What's the matter? Are you sick?«

Valentin beruhigte seine überfürsorglichen Gastgeber und erzählte ihnen, dass er nur ein bisschen *Time Out* brauche, »if you know what I mean«. Nein, er habe keine Lebensmittelvergiftung vom Burger, den er gestern Abend bei *Jack-in-the-Box* gegessen hatte. Außerdem wäre Sonntagmorgen eine gute Zeit, um seine Eltern anzuskypen. Hamburg lag neun Stunden hinter San Diego zurück. Gleich würde der *Tatort* beginnen.

»Well, if you're sure«, gab Cathleen, die Gastmutter, mit besorgter Miene nach, und die Familie verabschiedete sich, um in ihren besten Klamotten zur heiligen Rock-Messe zu fahren.

Valentin genoss die Ruhe, die jetzt im Haus eingekehrt war.

Er setzte sich auf die Couch und starrte eine Weile durch die Verandatür. Der Garten war noch feucht vom Nachtregen. Die grünen Blätter leuchteten prall in der Morgensonne. Die Kirbys waren so weit in Ordnung, aber Valentin konnte nicht viel mit ihnen anfangen. Der Vater war farblos und müde, als trüge er die Last der Welt auf seinen Schultern, die drei Jungs waren viel zu brav. Die Mutter wirkte, als wäre sie auf Tabletten. Sie flitzte nervös im Haus herum und konnte Valentin nie in die Augen schauen. Es war, als kämpfe die ganze Familie um ein Bild des Anstands. Sie wollten netter sein als nett, besser als gut, päpstlicher als der Papst.

Im Garten setzte sich plötzlich die Kinderschaukel in Bewegung. Wie von Geisterhand schwang sie hin und her. Valentin hörte das Quietschen der rostigen Ketten, das langsam dem Lachen eines Mädchens wich. Annes Lachen. Sie saß auf der Schaukel und schwang sich voller Lebensfreude durch die Luft. Ihr langes blondes Haar wehte hinter ihr her wie ein goldener Schal im Wind. Sogar die silberne Kette, die ihr Valentin kurz vor der Trennung geschenkt hatte, hing ihr noch um den Hals.

Es verging kein Tag, an dem Valentin nicht an Anne dachte. Sie war ein Dauergast in seiner Erinnerung und tauchte immer wieder auf, ob mitten in der Schule oder auf den Straßen von Clairemont, wie ein Geist, der die Säle seines Gedächtnisses heimsuchte. Ihr Anblick ließ eine unendliche Leere in ihm aufsteigen.

Er schloss die Augen und drängte sie aus dem Kopf.

Die Schaukel schwang langsam aus.

Valentin blieb eine Weile sitzen und machte nichts. Es fühlte sich gut an, nichts zu tun, als könnte er in der Stille den innerlichen Heilungsprozess spüren. Er hatte keinesfalls vor, seine Eltern anzuskypen. Er war nicht nach Amerika gekommen, um andauernd mit seinen Eltern zu sprechen. Sie hatten eine Abmachung. Valentin hatte sich schon einmal gemeldet, jetzt musste er nur noch bei Bedarf von sich hören lassen.

Nach einer Weile holte er sein Smartphone hervor und nahm ein paar Bilder für Matze im Haus der Kirbys auf. Seit er Deutschland verlassen hatte, machte er immer wieder kleine Filme und lud sie ins Netz, damit Matze sie zu Hause ansehen konnte. Es war eine wichtige Verbindung, sowohl für Matze als auch für ihn selbst, und eine dankbare Ablenkung. Valentin genoss die unverbindliche Distanz, mit der er seine neue Umgebung durch die Kamera betrachten konnte.

Er ging in die Küche und filmte den riesengroßen Kühlschrank, der Eisklumpen auf Kommando ausspuckte, den Abfluss, der alles gnadenlos schluckte, den eingebauten Flachbildschirm über dem Kamin, vom Esstisch aus stets sichtbar. Er wollte gerade nach oben gehen und ein Bild vom Jacuzzi im elterlichen Badezimmer machen, als die Haustür aufging und die Stimme seiner Gastmutter ertönte: »Hiya, Valentin! It's me! Cathleen!«

Valentin würde die darauffolgende Begegnung für den Rest seines Lebens nicht vergessen ...

Home Alone

DIE KÜCHE DER FAMILIE KIRBY INNEN / TAG

Die Tür geht auf. Cathleen Kirby (42) betritt den Raum. Sie sieht Valentin und lächelt ihn freundlich an.

CATHLEEN

Hi, Valentin. You okay?

VALENTIN

Yeah, fine, thanks.

CATHLEEN

Did you skype with your parents?

VALENTIN

Ähm, yes. I was just ... making some tea.

Cathleen geht zu einem Schrank über dem Spülbecken und öffnet ihn.

CATHLEEN

I had to leave church. I've got a terrible headache.

Cathleen holt eine Dose Aspirin aus dem Schrank, schraubt sie auf und kippt ein paar Tabletten in ihre Handfläche.

CATHLEEN

It comes from my neck, you know. The price of being a dental assistant. I spend all day bending over people ...

Sie wirft sich die Tabletten in den Mund und spült sie mit einem Glas Wasser hinunter. Dann stellt sie das Glas im Spülbecken ab und dreht sich wieder zu Valentin.

CATHLEEN

You couldn't give me a quick massage, could you?

Sie reibt sich den Nacken und reckt den Hals.

CATHLEEN

Just the neck.

Valentin macht den Mund auf, aber er sagt nichts. Cathleen stößt sich von der Arbeitsfläche ab und geht an ihm vorbei ins Wohnzimmer.

CATHLEEN

I'd really appreciate it.

Cathleen verschwindet durch die Tür. Valentin bleibt stehen. Seine Augen zucken nervös.

VALENTIN

I ... I ...

Valentin schaut verzweifelt zur Tür.

CATHLEEN (OFF)

It did wonders when John massaged it last week.
I promise I won't bite!

Cathleen lacht im OFF. Valentin holt tief Luft und folgt ihr ins:

WOHNZIMMER INNEN / TAG

wo Cathleen bereits auf der Couch sitzt, mit dem Rücken zu ihm gewandt. Sie lehnt ihren Kopf zur Seite und tastet ihren Nacken erneut ab.

CATHLEEN

I really should see a doctor about it sometime. It's as hard as a rock.

Valentin bleibt im Türrahmen stehen und setzt ein gequältes Lächeln auf.

VALENTIN

My girlfriend always tells me I'm no good at massage.

CATHLEEN

Oh! You have a girlfriend back in Germany? You didn't tell us that.

Cathleen lacht.

CATHLEEN

How cute!

VALENTIN

Yes. She says I'm a very bad masseur.

Cathleen winkt ab.

CATHLEEN

Oh, I'm sure you'll do fine!

Sie reibt ihren Nacken und neigt den Kopf zur Seite.

CATHLEEN

Would you mind?

Widerwillig tritt Valentin an die Couch heran.

VALENTIN

Where is it exactly?

Cathleen zeigt auf eine Stelle zwischen Ohr und Schulter.

CATHLEEN

Here.

VALENTIN

Okay.

Valentin hebt seine rechte Hand und legt seine Finger auf Cathleens Haut, woraufhin Cathleen schreit und sich erschrocken zu Valentin umdreht.

CATHLEEN

Your fingers are so cold!

VALENTIN

Oh. Sorry.

CATHLEEN

No problem. I'll be ready for you next time.

Valentin pustet in seine Hände und reibt sie kurz aneinander. Dann fängt er an, die besagte Stelle mit den Fingerspitzen seiner rechten Hand zu massieren. Cathleen schließt die Augen.

CATHLEEN

Oh! That's so good!

Valentin blickt gequält auf Cathleens Hinterkopf hinunter. Er massiert ihren Nacken mit nur einer Hand. Die andere Hand baumelt leblos an seiner Seite herab.

CATHLEEN

You have such amazing hands!

Valentin schaut durch die Verandatür. Im Garten steht die rostige Schaukel.

CATHLEEN

A bit lower.

Valentin schiebt die Hand zaghaft nur einen Zentimeter weiter nach unten.

CATHLEEN

Oh, yes! Perfect ...

Valentin musste an Matze denken. Zu Hause pflegte sein bester Freund die Gewohnheit, den Attraktivitätsgrad von Müttern aus der Schule zu kommentieren. Es gab verschiedene Kategorien von *Freezing* bis *Sizzling Hot* (was sehr selten vorkam). Er hätte Cathleen vermutlich in die Kategorie *Warm* eingeordnet, eine Stufe unter *Hot*, aber deutlich über *Lukewarm* oder *Cold*. Sie hatte eine gute Figur und ein hübsches Gesicht, mit dunklen Augen und einer leicht spitzen Nase, und sie trug ihr Haar, dessen Locken beim wöchentlichen Friseurtermin in perfekte Wellen gelegt wurden, lang.

»Is that okay?«, fragte er.

»Fantastic«, murmelte Cathleen, und nach einer Weile fügte sie hinzu: »Do you really have a girlfriend back in Germany? Justin told me you split up with her.«

Valentin zog seine Hand zurück. »Finished«, sagte er. Er war nicht nur der Meinung, dass er seine Pflicht als hilfsbereiter Gast mehr als erfüllt hatte, er wollte auch nicht mit Cathleen über Anne sprechen.

Doch Cathleen war noch nicht mit ihm fertig. Ehe er sich's versah, fasste sie wie ein Raubtier nach hinten, packte Valentins Finger und presste seine Hand gegen ihren Nacken, als sollte er dort ihren Puls spüren.

Mit halb geschlossenen Augen drehte sie sich auf der Couch zu ihm um und sagte: »Kiss me!«

Doghouse

Valentin küsste sie natürlich nicht, denn dann wäre er nicht Valentin gewesen. Cathleen war nicht der erste Mensch in seinem Leben, der sein körperliches Erscheinungsbild völlig falsch interpretiert hatte.

Stattdessen löste er seine Hand aus ihrem Griff, drehte sich um und lief wortlos aus dem Raum. Er hätte Cathleen gerne beschimpft, doch sein Schweigen war viel bedeutsamer, als wäre sie seiner Worte nicht mal würdig.

Er ging die Treppe hinauf in sein Zimmer. Im Wohnzimmer sprang Cathleen auf und lief ihm hinterher, verzweifelt seinen Namen rufend, aber er ließ sich nicht darauf ein. Stattdessen schloss er die Tür ab, setzte sich auf die Bettkante und atmete tief durch.

Cathleen klopfte von draußen an die Tür.

»I'm so sorry, Valentin!«, flehte sie ihn an. »John and I are going through a really tough time at the moment. I didn't want to upset you. I just thought … You're so … It's been months since John and I last …«

Es reichte! Um ihr jämmerliches Klagelied auszuschalten, steckte sich Valentin seine Kopfhörer in die Ohren und drehte die Musik laut.

Over and out.

Er blieb eine Weile so liegen, vom Rauschen seiner Musik umhüllt, während die knalligen Basstöne sein Gehirn taub rüttelten und seine wirren Gedanken zu ordnen schienen.

Nach etwas mehr als einer halben Stunde, es hätte auch länger sein können, machte er die Tür wieder auf und horchte in die Stille hinein. Kein Ton war mehr zu hören. Cathleen war fort. Ihr Auto stand nicht mehr in der Einfahrt. Auf dem Boden vor seiner Tür lag ein Zettel: *Gone back to church. Please forgive me!*

Valentin war sofort klar, dass er nicht länger in diesem Haus bleiben konnte. Er wäre nicht in der Lage gewesen, jeden Morgen mit Mr Kirby und seinen drei Söhnen am Frühstückstisch zu sitzen, während Cathleen in der Küche herumwuselte und so tat, als sei nichts geschehen. Er hätte auch nachts nicht in Ruhe schlafen können, weil er Angst vor einem weiteren Übergriff gehabt hätte. Cathleen hatte ihm die ganze Zeit ins Gesicht gelächelt, während sie sein Vertrauen missbraucht hatte. Das war nicht nur grenzüberschreitend gewesen, sondern ein seelischer Gewaltakt.

Aber wohin nun mit ihm? Er war in einer fremden Stadt. Er kannte niemanden außer ein paar Schülern aus seiner Klasse, deren Namen er sich noch nicht hatte merken können. Er hatte nicht genug Geld, um drei Monate lang im Hotel oder in einer Jugendherberge zu schlafen. Er wollte in San Diego bleiben, nur wo?

Wie der Zufall es wollte, leiteten die Ereignisse des Nachmittages eine erneute Kehrtwende für Valentin ein. Dass er nicht nur binnen weniger Stunden eine neue Bleibe für sich fand und damit das dringende Problem seines Aufenthalts löste, sondern auch einen Jungen kennenlernte, der im Laufe der Zeit zu einem seiner besten und vertrautesten Freunde gehören würde, hätte er nach dem Vorfall mit Cathleen Kirby nicht einmal zu ahnen gewagt.

*

Genau wie zu Hause in Deutschland, wenn Valentin den Kopf frei bekommen wollte, ging er ans Wasser. Wenn man an Südkalifornien denkt, schiebt sich meistens ein Bild vom Strand vor das innere Auge. Die Realität sieht aber anders aus. Für die Mehrheit der Menschen in San Diego ist der Strand ziemlich weit weg. Die Stadt ist großflächig und erstreckt sich von der Küste aus weit hinein ins Landesinnere. Diese Dimension stellte auch für Valentin ein Hindernis dar, weil er auf die Autos seiner Gastfamilie angewiesen war. Wie er sich bereits von Mr Kirby in epischer Breite erklären lassen musste, war der Bus kein gängiges Verkehrsmittel in San Diego. Eine U-Bahn gab es in der Millionenstadt nicht. Nur wer kein Auto hatte, griff auf das städtische Verkehrsangebot zurück, sprich, die Armen. Mr Kirby schien daran nichts Ungewöhnliches zu finden. Der Mensch hatte für sich selbst zu sorgen, auch wenn er nicht genug Geld hatte, um sich ein Auto leisten zu können.

Valentin ließ sich davon nicht abschrecken. Er machte sich im Internet schlau und nutzte die erste Gelegenheit, um zu fliehen, bevor die Familie Kirby aus der Kirche zurückkam.

Allein der Weg zum Strand war eine kleine Weltreise, zwei Mal umsteigen, fast eine Stunde unterwegs, aber es lohnte sich. Die Luft der Pazifikküste war kühl und erfrischend. Valentin saugte sie wie ein Lebenselixier ein. Die unendliche Weite rückte alles in die richtige Perspektive. Wer war schon Cathleen Kirby? Irgendeine fremde Frau! Die ganze Nummer war nur ein Witz!

Auf der leicht erhöhten Klippe über dem Strand, *next stop Hawaii*, holte Valentin sein Handy hervor und nahm den schönen Ausblick für Matze auf. Die Geschichte mit Cathleen würde er ihm später per Skype erzählen. Matze würde sich wahrscheinlich darüber kaputtlachen, auch wenn der Vorfall Valentin jetzt in eine schwierige Lage gebracht hatte. Valentin selbst konnte im Moment aber noch nicht darüber lachen.

Er hatte gerade einen Schwenk über den weiten Strand gemacht, der sich endlos in die Ferne erstreckte, als ein Junge quer durch das Bild lief, der ungefähr so alt war wie er. Er trug ein Surfboard unter dem Arm, das viel zu groß für ihn zu sein schien. Mit seinem schlaksigen Körper und den schmalen Schultern sah er nicht gerade aus wie der klassische Surfer-Typ. Außerdem war er normal angezogen und machte nicht den Eindruck, als würde er gleich mit dem Board ins Wasser springen.

»Are you filming me?«, raunzte er Valentin an.

Nein, natürlich nicht, dachte Valentin. Wieso sollte ich dich filmen?

»No, no, no. You can't film me!«, sagte der Junge mit aufgeregter Stimme und versuchte, seine Hand vor die Linse zu halten. »No, no, no. No filming me!«

Valentin hatte keine Ahnung, wovon der Junge sprach. Er wollte ihn gerade darauf aufmerksam machen, dass *er* ins Bild reingelaufen war, nicht umgekehrt, aber der Junge ließ ihn nicht zu Wort kommen: »What are you filming anyway? The beach? You make sure the newspapers don't get this, alright? I'm travelling incognito. They hear about it, they're gonna go crazy!«

Valentin wusste bereits vor seiner Abreise, dass Amerika

ein Land voller Verrückter war (und Hamburg war schon nicht gerade ohne), doch dieser Junge war wirklich noch mal ein Sonderfall. Er hatte etwas Stürmisches an sich. Atemlos redete er weiter auf Valentin ein: »You wanna film something? Film this!«, rief er, als er sein Board weitertrug und den Weg zum Wasser hinunterging.

Valentin wartete kurz, bis der Junge fort war, bevor er nach unten ging, um am Strand entlangzuspazieren. Dort machte er weitere Bilder für Matze. Der kalifornische Herbstwind blies ihm durch die Haare. Ein paar Surfer wagten sich ins Wasser, aber die Wellen waren zu klein, um richtig zu surfen. Sie brachen kräuselnd auf dem weichen Sand, harmlos und enttäuschend.

Schnell vergaß er die Begegnung auf der Klippe, und so wäre es dabei geblieben, wenn er nicht eine halbe Stunde später erneut auf den Jungen getroffen wäre. Valentin war gerade am Filmen, da erschien der Fremde plötzlich auf dem Display. Er schlenderte verloren und einsam den Strand entlang, von den frechen Sprüchen keine Spur mehr, ohne Surfboard, die Haare trocken, die Klamotten unverändert. Er sah nicht aus, als wäre er gerade surfen gegangen.

Als er Valentin entdeckte, blieb er neben ihm stehen und sprach ihn wieder an: »You still here?«, fragte er, wobei eine gewisse Angriffslust in seiner Stimme mitschwang. Er überlegte kurz, dann fügte er hinzu: »Come on, man, I gotta show you something.«

Valentin zögerte. Was denn?

Doch bevor er fragen konnte, ging der Junge weiter und rief winkend: »Come on!«

New Kid on the Beach

Na ja, was hatte er zu verlieren? Er war obdachlos in einem fremden Land, neuntausend Kilometer von zu Hause entfernt. Der fremde Junge wirkte sympathisch, wenn auch ein bisschen seltsam. Ein *Oddball*, wie man auf Amerikanisch sagt. Valentin machte die Kamera aus und folgte ihm.

Der Junge führte ihn zu einem Rettungsschwimmerhäuschen, das am Rand des Strandes auf einer breiten Betonsäule stand. Die Eingangsleiter war hochgeklappt, das Häuschen verriegelt. An der Außenwand stand *No Lifeguard On Duty: KEEP OFF*, was der Junge ignorierte. Er kletterte auf die Felsbrocken, hievte sich auf die Plattform hinauf und reichte Valentin die Hand herunter.

»Don't worry. I work here in the summer«, sagte er zur Beruhigung.

Valentin ließ sich hochziehen. Einmal oben, holte der Junge einen Schlüssel aus der Hosentasche und machte die Tür auf. »My own personal beach hut«, sagte er mit einem breiten Grinsen und betrat das Häuschen. »Come on in!«

In der Hütte war es stockdunkel. Valentin stolperte über einen Gegenstand auf dem Boden und hielt sich an der Wand fest. Der Junge tappte eine Weile im Dunkeln herum, dann raschelte es, als er ein Streichholz anzündete. Schwaches Licht durchbrach die Dunkelheit und erleuchtete den kargen Raum. Ein Rettungsring lag vor Valentins Füßen.

Der Junge zündete eine Kerze an und stellte sie auf einen Stuhl. Er kniete sich hin und klappte eine Luke im Boden auf. Was er hervorholte, sah verdächtig nach einem Joint aus. Mit der Kerzenflamme zündete er ihn an und zog kräftig daran. Der würzige Geruch bestätigte sofort den Inhalt: Gras.

Sand, Surf and Conor

»You want some?« Er hielt Valentin den Joint entgegen.

»Um, no, thanks.«

Cannabis gehörte auf die Liste der *Forbidden Substances* im sonnigen Kalifornien, auch wenn es mittlerweile in manchen US-Bundesstaaten legal war. Valentin wollte sich keinesfalls mit der amerikanischen Polizei anlegen. Hundert Tage Knast hörte sich weniger verlockend an als hundert Tage am Strand. Außerdem waren Drogen nicht gerade sein Ding.

Stattdessen fragte er: »Where's your surfboard?«

»Surfboard?« Der Junge blies Rauch aus. »What surfboard?«

»The one you were carrying under your arm on the cliff.«

»Oh, you mean *that* surfboard!« Er grinste. »It wasn't mine. I just borrowed it. I can't surf for shit.«

Der Typ war wirklich ein bisschen verrückt. Der ganze Auftritt auf der Klippe war nur ein Schauspiel gewesen. Valentin wollte ihn gerade fragen, ob er öfters das Eigentum anderer mitgehen ließ, als ein wütender Schrei von draußen das Gespräch unterbrach: »Conor? Is that you?«

Der Junge sprang sofort auf und warf den Joint zu Boden ...

STRANDHÜTTE — INNEN / TAG

Der Junge wedelt mit der Hand und tritt mit seinem Fuß auf den noch rauchenden Stummel.

JUNGE

You got a gum, dude?

Valentin schüttelt den Kopf.

JUNGE

Shit.

Die Tür geht auf. Ein Mann (50) taucht im Türrahmen auf. Er ist groß und kräftig. Er knipst das Licht an. Valentin muss blinzeln. Der Mann blickt Conor wütend an.

MANN

I knew it was you!

Conor bemüht sich zu lächeln.

CONOR

Hi, Jeff. What's up?

JEFF

What the hell are you doing here?

CONOR

Just hanging ... This is Valentin by the way ...

Jeff ignoriert Valentin.

JEFF

I can smell your »hanging« from outside! You were smoking weed.

CONOR

No, man.

JEFF

Don't bullshit me, Conor. I wasn't born yesterday.

CONOR

I never said you were.

JEFF

This isn't the first time.

CONOR

The first time for what?

Jeffs Blick wandert langsam an Conor herab, bis zu seinen Füßen.

JEFF

Lift up your foot.

CONOR

What?

JEFF

Lift up your foot.

CONOR

Aw, come on, Jeff!

JEFF

Do it. Now.

CONOR

Which one?

Jeff wartet. Widerwillig hebt Conor den rechten Fuß. Nichts.

JEFF

And the other one.

CONOR

You want me to lift two feet at the same time?

Wieder sagt Jeff nichts. Er wartet, bis Conor den anderen Fuß hebt. Der platt getretene Übeltäter kommt zum Vorschein. Jeff schüttelt den Kopf.

JEFF

I warned you, Conor. One more time, I said. One more time and you're outta here.

CONOR

But Jeff, you can't throw me out! I need this job!

JEFF

Yeah. Like I need a bullet in the head. Lifeguards don't smoke dope, Conor. Even when they're off duty. It's over.

Einen Augenblick lang schauen sich Conor und Jeff zornig an. In der Stille tritt Valentin plötzlich hervor und räuspert sich.

VALENTIN

Ähm ... I'm sorry ... It's my fault.

Jeff dreht sich langsam zu Valentin um und blickt ihn mit einer Mischung aus Überraschung und Ungläubigkeit an.

JEFF

You what?

VALENTIN

The joint ... It's mine.

Jeff schüttelt den Kopf.

JEFF

You're kiddin' me, right?

Er wendet sich wieder an Conor und zeigt auf Valentin.

JEFF

Can you believe this guy? He's covering for you!

VALENTIN

No, I'm not. I come from Germany. It's no big deal there.

JEFF

No big deal?

Jeff tritt näher an Valentin heran und hält ihm seinen Finger unter die Nase.

JEFF

Well, let me tell you, kiddo, it *is* here! Drugs are the start of a very slippery slope in San Diego.

VALENTIN

I'm sorry. I didn't know.

Jeff geht ein paar Schritte durch den Raum und überlegt, bevor er sich wieder zu den Jungs umdreht.

JEFF

Okay. I'll give you one more chance. You, too, German Boy. If I see either of you with a joint ever again, I'm calling the cops. You got it?

Conor und Valentin nicken.

JEFF

Now get outta here before I bust your balls!

Jeff musste es nicht zwei Mal sagen. Valentin hatte den Begriff zwar noch nie gehört, aber er wusste, dass *bust* kaputt machen hieß und dass die *balls* die Kronjuwelen waren. Sie verließen das Häuschen, schneller, als eine Katze aus dem Wasser springt. Ein knappes »Bye« reichte zum Abschied. Jeff war offenbar nicht *in the mood*, um Höflichkeiten auszutauschen.

Sie liefen über den Strand, bis sie weit genug weg waren, um sicher zu sein, dass Jeff es sich nicht anders überlegt hatte. Conor lachte und holte tief Luft.

»Thanks, man!«, sagte er. »I owe you one.«

Yes, you do!, dachte Valentin, der genau wusste, was er für den Jungen getan hatte.

»That joint in there«, fügte Conor lachend hinzu, »it wasn't even mine. It belongs to a guy called Teddy. He's Jeff's favourite lifeguard. Jeff would go crazy if he knew about it.«

»Why didn't you tell him that?«

»'Cos I don't snitch on people.«

Petzen hin oder her, Valentin war schon mit ganz anderen Gedanken beschäftigt. Er hatte das Gefühl, dass die Begegnung mit Conor ihm gerade einen glasklaren Trumpf in die Hand gespielt hatte. Valentin wollte sich die Chance nicht entgehen lassen. Conor war ihm etwas schuldig, er hatte es ja selber gesagt, und es gab etwas, das Valentin dringend brauchte.

»I have a question«, sagte Valentin, als wäre ihm die Frage gerade zufällig eingefallen. »Where do you live?«

Amped Up

San Diego. Achtgrößte Stadt Amerikas. Zweitgrößte Stadt Kaliforniens. Über drei Millionen Einwohner (offiziell) im Ballungsraum. Fast doppelt so groß wie Hamburg, Europas achtgrößte Stadt. Dimensionen, die man von zu Hause nicht kennt.

Groß.

Richtig groß.

Und von allen Familien, bei denen Valentin hätte wohnen können, landete er ausgerechnet bei den Kirbys.

»Imagine you were a girl«, sagte Conor, als er hinter dem Steuer seines Autos saß und Valentin nach Clairemont zurückfuhr.

»What do you mean?«, fragte Valentin.

Conor holte Luft und dachte kurz nach. »Imagine your host mom was the guy in this story and you were a seventeen-year-old girl from Germany. It would be completely different.«

Am Strand hatte Valentin Conor die Geschichte mit Cathleen Kirby erzählt. Conor hatte entsetzt gelacht und sofort gesagt: »You can stay at my place« – genau wie Valentin gehofft hatte.

Nun malte sich Valentin das Bild einer umgekehrten Geschlechterverteilung aus, in dem Cathleen die Rolle des Mannes einnahm und er selbst die eines siebzehnjährigen Mädchens. Conor hatte recht. Das wäre noch viel schlimmer gewesen.

»As a man, Cathleen would be a dirty old man, right?«, sagte Conor. »But as a woman, she's just some poor, lonely wife who misses the joys of sex. If she was a man and you were a girl, there's no way you'd cover for her. You'd tell your parents about it. You'd call the cops. You'd do something to make sure something like this doesn't happen to anyone again. But as a woman, the whole thing is just so embarrassing, you let it go.« Er lachte und schlug mit der Hand gegen das Lenkrad. »Man, I can't wait to see her face! I am totally amped up about this!«

Valentin hatte keine Ahnung, was *amped up* hieß, aber so wie Conor vor Energie strotzte, ahnte er es schon. Er war selber ganz aufgeregt. Die Aussicht, sich sofort aus dem Kirby-Haushalt zu befreien, brannte ein Feuerwerk der guten Laune in ihm ab. Er konnte sein Glück kaum fassen. Dass Conor auch noch mit dem Auto unterwegs war und ihn direkt nach Clairemont fuhr, um zusammen mit ihm seine Sachen abzuholen, war mehr als ein Geschenk. Er hatte bestimmt coole Eltern. Conors Mutter hatte am Telefon sofort zugesagt. Conor hatte ihr nicht ausführlich von Cathleen erzählt, sondern nur gemeint: »I met this German guy and he's looking for a place to stay«, ohne dabei ins Details zu gehen. Das Zimmer von Conors Schwester war frei, weil sie schon aufs *College* ging, also war es kein Problem. Jetzt machte sich Valentin nur noch Gedanken, wie er den plötzlichen Auszug erklären sollte, ohne Cathleen bloßzustellen.

Als sie das Haus in Clairemont erreichten, waren die Kirbys von der Rock-Messe zurück. Valentin stellte Conor als »a friend from the beach« vor und teilte seiner Gastfamilie direkt mit, dass er ab jetzt bei ihm wohnen würde.

Der Schock in vier der fünf Kirby-Gesichter war deutlich zu erkennen, als Valentin seinen plötzlichen Auszug ankündigte. Cathleen wurde kreidebleich und senkte beschämt den Blick. Conor saß neben Valentin und grinste in sich hinein, in dem glorreichen Wissen, dass der Übeltäterin wohl klar sein musste, worum es hier wirklich ging. Die Vorstellung bereitete ihm unheimliches Vergnügen.

»You want to *what*?«, fragte John Kirby vollkommen fassungslos und schaute suchend von Valentin zu Conor.

»I want to move to Conor's house.«

»Why?«

»They have a swimming pool«, sagte Valentin. Es war eine ziemlich lahme Ausrede, zugegeben, aber sie war zumindest wahr. Conor hatte im Auto von einem Pool gesprochen, den es bei ihm zu Hause gab, mehr um den Wohlstand seiner Familie damit zu versinnbildlichen, als um damit zu prahlen. Die Kirbys wussten wohl, dass ihr deutscher Gast gerne schwamm. Valentin war sich nicht sicher, ob der Blick, den er nun von Justin erntete, ein Blick des Neids oder der Missbilligung war.

»A swimming pool?«, wiederholte Mr Kirby und deutete mit dem Kopf auf Conor. »But you only just met him!«

Conor legte den Arm um Valentins Schulter und setzte ein wildes Grinsen auf. »It's crazy! I'm telling you, from the moment we met, it was like ...« Er schnipste mit den Fingern, um die plötzliche Entstehung der Seelenverwandtschaft zu veranschaulichen. »... like I'd known him all my life. Valentin and I, we're like blood brothers.«

»What about your parents?«, fragte Mr Kirby.

»Oh, they don't mind«, antwortete Conor, obwohl die Frage an Valentin gerichtet war. »Our house is so big, you could bring your whole family and they wouldn't even notice! Valentin can stay in my sister's room. She's at *Harvard*.«

Als er den Namen einer der besten Universitäten Amerikas hörte, blitzte Ehrfurcht in Mr Kirbys Augen auf. »I meant *you*«, wandte er sich wieder an Valentin. »You have to talk to your parents about this.«

»I think they would be okay with it. They trust me.«

»And what about school?«, fragte Mr Kirby. »Torrey Pines isn't exactly around the corner.«

»No problem«, mischte sich Conor wieder ein. »Valentin can come to my school. My dad's on the board of governors. He can fix up Valentin for the next couple of months. The principal loves him – and his money!«

Mr Kirby fiel es schwer, die unerwartete Wende zu verarbeiten. Vollkommen überfordert saß er in seiner Küche, als würde er die Welt nicht mehr verstehen. Er sah Hilfe suchend zu seiner Frau, die konsequent seinen Blick mied. Schließlich gab er nach, wobei er sagte, dass er Valentin erst gehen lassen würde, wenn er mit seinen Eltern gesprochen hatte – was die Sache unnötigerweise hinausgezögert hätte, denn in Deutschland war es mitten in der Nacht. Doch zum Glück ging Cathleen dazwischen.

»I think he's old enough to decide for himself«, sagte sie und schaute Valentin an, als wollte sie ihr Fehlverhalten wiedergutmachen. »If he wants to go, we should let him. Conor seems like a nice young man to me.«

»Oh, I am, Mrs Kirby!«, sagte Conor grinsend. »I'm a *real* nice guy!«

Drei Leute am Tisch wussten ganz genau, worauf er hinauswollte.

Nach einigem weiteren Hin und Her setzte sich Cathleen durch, und Valentin zog sich nach oben zurück, um seine Sachen zusammenzupacken. Der Abschied von der Familie Kirby verlief schnell. Die Eltern und ihre drei Kinder standen steif und verloren auf der Haustreppe und wussten nicht, was sie sagen sollten.

»We're sorry you're leaving us«, murmelte Mr Kirby und reichte Valentin die Hand. »God be with you.«

Und möge Gott mit dir sein, dachte Valentin.

»It was nice meeting you«, sagte Cathleen. Ihre Hand fühlte sich kalt und schlaff an. »Good luck.«

Der Einzige, der frohlockte, war Conor, der den Chauffeur spielte und pfeifend Valentins Tasche in den Kofferraum packte. Als er zuletzt Justin die Hand gab, beugte er sich vor und flüsterte ihm ins Ohr: »Tell your mom to pick on someone her own age next time.«

Niemand außer Justin hörte den Ratschlag. Conor erzählte Valentin später davon, als sie im Auto unterwegs waren, und Valentin musste lachen. Dieser Conor war ein echter Joker!

*

Conor wohnte im Norden San Diegos, in einem Stadtteil namens Torrey Pines. Obwohl er noch sechzehn war, durfte er ohne Begleitung eines Erwachsenen Auto fahren. Nach einer ziemlich weiten Strecke auf der *Interstate 5* fuhren sie an der Ausfahrt *Carmel Valley Drive* ab und begaben sich in eine trockene, hügelige Landschaft, deren vom Wind verbogene Kiefern dem Ort seinen Namen gaben: Torrey Pines.

Torrey Pines spielte in einer ganz anderen Liga als Clairemont: Große, gepflegte Häuser flankierten die breiten, begrünten Straßen; nagelneue Autos fuhren die Alleen hoch und runter; die Einkaufszentren wirkten wie eigenständige kleine Städte. An einer roten Ampel genügte ein flüchtiger Blick durch die Windschutzscheibe des Nachbarautos, um die soziale Herkunft seines Fahrers festzustellen: faltenfreie Frauen mit operierten Lippen und teuren Klamotten, gelassene Männer, entweder in Anzügen oder in Sportklamotten, die mit ihren glatten Gesichtern Selbstbewusstsein ausstrahlten.

»Welcome to paradise!«, sagte Conor, als er vor einem prächtigen Haus am Ende einer kleinen Sackgasse hielt.

Valentin war beeindruckt. Hier war der Wohlstand sichtbar. Die Straße war sauber und ordentlich. Jedes Haus hatte zwei angebaute Garagen, die wahrscheinlich mehr Quadratmeter hatten als Valentins gesamte Wohnung in Hamburg. In den Vorgärten streckten sich Palmen dem blauen Himmel entgegen. Die grünen Rasenflächen unter ihren Blätterdächern sahen aus wie Teppiche. Valentin hatte nichts dagegen einzuwenden. Wem schadet schon ein bisschen Luxus?

»Nice«, sagte er, als er aus dem Auto ausstieg.

Der Zugang zum Haus befand sich in einem turmartigen Vorbau, der der Außenfassade das Aussehen eines kleinen Schlosses verlieh. In der Eingangshalle führte eine breite Treppe zum ersten Stock hinauf, wo sich fünf Schlafzimmer befanden. Das cremige Gelb der Innenwände harmonierte mit der sandigen Farbe der Fassade, deren weiße Fensterläden die pralle Sonne fernhielten. Neben der Treppe stand ein großer Billardtisch. Im Erdgeschoss gab es zwei kleine Büros, ein abgetrenntes Esszimmer und zwei Badezimmer. Das bescheidene Wohnzimmer war direkt an die offene Küche angeschlossen, wo mehrere Ausgaben der *Forbes*-Zeitschrift neben einigen Exemplaren der *Vogue* auf dem Tisch lagen. Die Verandatür stand offen und bot einen Blick auf den Garten oder *Backyard*, einen fast vollständig zugepflasterten Hof, der das weite, dürre Tal von Carmel Valley überschaute. Zwischen den Palmen und der künstlich angelegten Felsenlandschaft lag der versprochene Pool, der allerdings eher ein Planschbecken war als ein richtiges Schwimmbecken. Doch Valentin war keinesfalls enttäuscht. Das Wasser des Pools glänzte in der kalifornischen Abendsonne und lud zum Abkühlen ein.

Eine raue, heisere Stimme durchbrach die idyllische Ruhe: »Where have you been?«

Der Mann, der mit einer dampfenden Tasse Kaffee auf die Terrasse trat, hätte niemand anders sein können als Conors Vater, denn er hatte die gleichen Locken wie sein Sohn, und sein eindringlicher Blick kam aus den gleichen dunklen Augen. Mr Faraday war ein großer, schlanker Mann um die fünfzig mit braun gebranntem Gesicht, einem etwas harten Zug um den Mund und einschüchterndem Auftreten.

»I was down at the beach«, anwortete Conor.

»Alone?«

»Yeah. Alone.«

Sein Vater seufzte. Erst dann schien er Valentin wahrzunehmen. Er nippte an seinem Kaffee und musterte ihn von Kopf bis Fuß.

»Who's this?«, fragte er.

»A friend from Germany. I spoke to Mom about him on the phone. She said he could stay with us for a while.«

»She did, did she?«

The Good Life

»Yeah, she did.«

»Well, I guess Kate's room is free«, sagte er, aber seine Stimme klang nicht sonderlich erfreut.

Valentin trat nach vorne und reichte seinem neuen Gastgeber die Hand. »My name is Valentin. It's very kind of you to let me stay here, Mr Faraday.«

»Please, call me Gerry.«

»Your house is beautiful.«

»You're damn right it is.« Gerry Faraday erlaubte sich ein fast unmerkliches Lächeln, sodass sich die Züge seines Mundes kurz entspannten, während er Valentins Hand mit festem Griff schüttelte. »I hope you're gonna have a good influence on my boy here. He could do with a friend.«

Das Thema war Conor offenbar unangenehm, denn er zog Valentin am Ärmel und sagte: »Come on. I'll show you your room.«

Er führte Valentin wieder ins Haus und machte sich fluchtartig auf den Weg in den obersten Stock. Dort blieb er vor einer Tür stehen und verkündete: »This is Kate's room. You're gonna love it.«

Das kann man wohl sagen, dachte Valentin, als Conor die Tür aufmachte. Conors Schwester schien eine ausgeprägte Vorliebe für die Farbe Rosa zu haben. Das Zimmer hatte eine rosafarbene Tapete, rosafarbene Bettwäsche und rosafarbene Vorhänge. An den Wänden hingen Pferdebilder.

Valentin musste sofort an Anne denken. Sie war nicht nur eine gute Schwimmerin, sondern auch Reiterin, und war ihrem zweiten Hobby genauso leidenschaftlich nachgegangen. Jede Woche fuhr sie mehrmals zu den Pferdeställen außerhalb der Stadt, wo sie sich mit zwei anderen Mädchen ein

Pferd teilte. Als er die Bilder von Conors Schwester mit ihrem Pferd sah, schoss Valentin das letzte Telefonat mit Anne durch den Kopf: »Ich kann leider nicht«, hatte sie auf seinen Vorschlag entgegnet, am folgenden Tag zum Strand zu fahren. »Ich gehe morgen reiten.«

Ja, ja. Reiten. Mit dem Ex.

»She plays polo«, erklärte Conor. »On horses, not in the pool. How do you like your room?«

»It's so me«, sagte Valentin grinsend, obwohl er unschlüssig war, ob er es wirklich die nächsten elf Wochen in dieser Mädchenhöhle aushalten könnte. Das eine oder andere Bild würde er wohl abhängen müssen.

Conor lachte. »I knew you'd like it.«

Als es kurze Zeit später an der Tür klingelte und das Abendessen geliefert wurde, ein asiatisches *Takeaway*, kam Conors Mutter nach Hause. Sie war eine schlanke, stark geschminkte Frau mit olivbrauner Haut, deren Frisur aussah, als wäre sie festbetoniert. Wenn sie sich bewegte, war ein Klirren zu hören, weil eine großzügige Sammlung von Armbändern an ihren Handgelenken herumklimperte. Trotz ihres äußerst gepflegten Erscheinungsbildes verbreitete sie einen leicht muffigen Geruch, den Valentin mit einem Bauernhof in Verbindung brachte. Sie stellte sich mit dem Namen Audrey vor und erzählte, dass sie gerade vom Reiterhof käme.

Beim Abendessen hatte Valentin kaum die Stäbchen auseinandergebrochen und die ersten Nudeln zum Mund geführt, da fing Conors Mutter schon an, ihn auszufragen: woher er kam, was seine Eltern beruflich machten, wie er in der Schule war, was seine Hobbys waren, ob er schon eine Freundin hatte, warum er nicht mehr bei seiner Gastfamilie bleiben wollte. Es waren mehr Fragen als bei einem Verhör der CIA, präzise gestellt, aber weich umhüllt. Valentin antwortete geduldig, auch wenn es nicht immer einfach war. Wie sagte man eigentlich »Leistungskurs« auf Englisch? Und bezeichnete man die Leistung eines Schwimmers mit demselben Wort wie die Leistung, die man in der Schule erbrachte? Ob Leistung überhaupt etwas mit *performance* zu tun hatte? Es war ein sprachliches Wirrwarr, das Valentin angesichts der bohrenden Nachfragen durcheinanderbrachte. Innerhalb kürzester Zeit rauschte sein Gehirn nur so vor fremdsprachlicher Anstrengung.

Gegen Ende des Abendessens nutzte Conors Mutter eine kurze Gesprächspause, um auch ihrem Sohn eine Frage zu stellen. In Valentins Ohren hörte sich die Frage eigentlich harmlos an, aber sie löste eine hitzige Diskussion aus, die eine ganz andere Seite des Familienlebens der Faradays zum Vorschein kommen ließ. Wieder kam sich Valentin wie der Zuschauer in seinem eigenen Film vor ...

ESSZIMMER BEI DEN FARADAYS INNEN / TAG

Valentin, Conor, Audrey und Gerry sitzen im Esszimmer. Mitten auf dem Tisch stehen einige Porzellanschüsseln mit dem umgefüllten Takeaway.

AUDREY

We were thinking, darling ... why don't you invite Trinity to the party this year?

Conor schlürft eine Nudel auf.

CONOR

You're not serious?

Nahaufnahme: Das regungslose Gesicht seiner Mutter.

AUDREY

I'm always serious, dear.

CONOR

But you ask me that every year, Mom!

AUDREY

Well, I'm asking you again. We think it would be nice if you had some company.

Conor schüttelt den Kopf.

CONOR

No, thanks, Mom. Not Trinity.

AUDREY

(*seufzt enttäuscht*) I don't know what you have against that girl.

CONOR

She's arrogant, and she's rich, and she's far too smart for her own good.

Audrey lässt ihre Finger über die Perlenkette an ihrem Hals gleiten.

AUDREY

She's not *that* rich, dear.

Conors Vater wischt seinen Mund mit der Serviette ab und legt sie neben seinen Teller.

GERRY

You're outta your mind if you ask me. That girl is the hottest property in San Diego County. There are guys lining up for her all the way to San Francisco.

CONOR

Then why don't you date her?

Zorn blitzt in Gerrys Augen auf.

GERRY

What is it with you, Conor? Why do you always have to make life so difficult?

CONOR

Because I don't want to date Trinity?

GERRY

A girlfriend would be good for you.

CONOR

Not Trinity.

Mrs Faraday legt ihre Hand sanft auf die ihres Mannes.

AUDREY

Let him be, Gerry.

GERRY

I just want to know who my son is. Is that too much to ask?

Conor schaut seinen Vater kämpferisch an.

CONOR

You don't want to know anything about me! You don't care who I am. You just want me to be like you!

GERRY

Don't you talk to me like that! We've given you all the freedom in the world.

CONOR

Except for the freedom to be who I want to be.

GERRY

So who *do* you want to be then, huh? Some punk who drops out of high school? Some loser who spends his life hanging out on the beach on his own? We're your parents, for chrissakes! It's our job to guide you.

CONOR

But not to control me!

Valentin hatte mittlerweile aufgehört zu essen. Er fühlte sich zunehmend unwohl, als wäre er in eine Situation hineingeplatzt, die gar nicht für seine Augen und Ohren bestimmt war. Wo war er hier bloß gelandet? Er verfolgte die Szene am Esstisch, als wäre er unsichtbar. Niemand achtete auf ihn.

Für einen kurzen Moment wünschte er sich, wieder bei den Kirbys zu sein, der Familie, die schweigend am Esstisch saß, weil sie einander nichts zu erzählen hatten. Doch im gleichen Augenblick schoben sich Cathleens nackte Schultern vor sein inneres Auge, und sein Fluchtdrang löste sich augenblicklich in Luft auf.

Gerry Faraday atmete tief ein, als wollte er seine aufsteigende Wut ersticken. Seine Augen zuckten unruhig hin und her. Er reckte das Kinn ein wenig vor, als balancierte er etwas darauf. Vater und Sohn starrten sich kampfbereit an, bis Audrey nach ihren Händen griff und sagte: »Now why don't we all just take a deep breath, yes?«

Gute Idee.

Es war kurz still im Raum. Audrey wandte sich wieder an Conor und fuhr im gleichen sanftmütigen Ton fort, als hätte der vorherige Austausch zwischen Vater und Sohn nicht stattgefunden: »We've invited Trinity's parents to the party and we think it would only be right if you invited her, too.«

»You really want me to invite her?«, fragte Conor.

Seine Mutter nickte.

»Okay. I'll invite her.«

Audrey lächelte und warf ihrem Mann einen siegessicheren Blick zu. »Well, that's marvelous, dear.«

Conor legte seine Serviette hin und schob seinen Stuhl zurück. »May I leave the table now, please?«

Audrey blickte verdutzt zu Valentin. »Your guest is still eating, dear.«

»Do you mind?«, fragte Conor in Valentins Richtung.

»Ähm ... sure«, erwiderte Valentin. Um ihn ging es hier nicht.

Conor bemühte sich zu lächeln, aber etwas zutiefst Trauriges lag in seinem Blick. Als könnte er es nicht ertragen, dass Valentin ihn durchschaut hatte, drehte er sich um und verließ wortlos den Raum.

Er musste nach draußen gegangen sein, um frische Luft zu schnappen oder um in den Sternenhimmel zu schauen, denn als er die Haustür aufmachte, fuhr eine Brise durch das Wohnzimmer, die die Vorhänge vor dem offenen Gartenfenster wie Fahnen hin und her flattern ließ. Der überraschend kalte Luftzug umhüllte die drei Speisenden, bis die Haustür wieder zufiel und der Wind zum Erliegen kam.

Nach dem Abendessen, das Valentin in wortkarger Verlegenheit hinter sich brachte, ging er in Conors Zimmer.

»What was that all about?«, fragte er und meinte damit die seltsame Unterhaltung am Tisch.

»My parents are crazy«, sagte Conor.

»What party were they talking about? And who is Trinity?«

Die Party, erzählte Conor, war eine langjährige Tradition der Familie Faraday. Sie fand am Wochenende vor *Thanksgiving* statt und wurde jedes Jahr weit im Voraus geplant. Für Conors Familie war *Thanksgiving* nicht nur der Anlass, um Truthahn zu essen und im Fernsehen das Footballspiel anzuschauen, es war auch die Gelegenheit, die Berühmten und Reichen der Stadt zu sich nach Hause einzuladen. Über hundert Leute wurden erwartet. Es gab nie Absagen. Conors Mutter freute sich auf einen der gesellschaftlichen Höhepunkte des Jahres.

»And why do they want you to invite Trinity?«, fragte Valentin.

»Because my parents think the sun shines out of her ass«, sagte er.

Valentin musste mehrmals nachhaken, bis er sich die ganze Geschichte zusammenpuzzeln konnte. Conor kannte Trinity schon seit dem Kindergarten. Sie hatten auch die gleiche Grundschule besucht, wechselten gemeinsam zur *Middle School* und belegten jetzt sogar die gleichen Leistungskurse in der *High School*. Eigentlich waren sie ein bisschen wie Cousin und Cousine, sehr vertraut, aber nicht sonderlich befreundet.

Trinitys Familie genoss Ansehen und Wohlstand in der Gemeinde, und Conors Eltern wollten ihn mit Trinity verkuppeln. »A match made in heaven«, wie Conor sagte. »With one hell of a big bank account.«

»If you don't like her, why don't you just tell your parents?«, fragte Valentin. Die ganze Sache hörte sich vollkommen altmodisch an. Das hatte man vielleicht vor zweihundert Jahren gemacht, aber doch nicht heute.

»I have. Like a hundred times. They won't listen.«

»So are you going to invite her?«, fragte Valentin.

Conor lachte. »Not in a million years! Trinity Dayle is the last person I would invite to a party!«

Class Act

Am gleichen Abend meldete sich Valentin bei seinen Eltern. »Ich muss euch was sagen«, meinte er. »Ich bin umgezogen.« Er vermied es, Einzelheiten zu nennen, und erzählte nur, er hätte sich bei der Familie Kirby nicht wohlgefühlt. Dafür hätte er aber in Conor einen guten Freund gefunden, einem Jungen aus gutem Hause, dessen Vater ihm sogar einen Platz in der örtlichen Schule organisiert habe. Valentin beteuerte, dass seine Eltern sich keine Sorgen machen müssten, er habe alles im Griff, und weil seine Eltern ihm schon immer vertraut hatten, akzeptierten sie seine Entscheidung bedenkenlos.

Nachdem Valentin aufgelegt hatte, meldete er sich bei Matze und erzählte ihm die wahre Geschichte, die hinter dem Umzug steckte. Matze hörte gespannt zu und unterbrach ihn nur gelegentlich mit einem ungläubigen »Nee?« oder einem entsetzten »Das kann nicht wahr sein!«.

»Die blöde Kuh!«, sagte er am Ende der Geschichte. »Du kannst froh sein, dass du sie losgeworden bist.«

War er auch.

»Und wie ist die neue Familie?«

»Nett«, antwortete Valentin, auch wenn er da so seine Zweifel hatte.

*

Am nächsten Tag begleitete er Conor in die neue Schule. Sie hieß *Torrey Pines High School*, und sie war ganz anders als die in Clairemont. Conor beschrieb die Klientel als »dental white« und meinte damit nicht nur das strahlende Lächeln der Schüler. Es gab kaum Latinos auf der Schule, was für San Diego als erste kalifornische Großstadt hinter der US-mexikanischen Grenze ungewöhnlich war. Viele Schüler waren asiatischer Abstammung, aber von *African-Americans* gab es keine Spur. Die meisten Schüler waren weiß.

Valentin fand die neue *High School* beeindruckend. Sie war groß, gut ausgestattet und strahlte eine stolze Tradition aus. Eine goldbeschriftete Tafel in der Eingangshalle listete die bekanntesten *Alumni* (Schulabsolventen) auf. Valentin kannte einige Namen: eine Hollywood-Schauspielerin, eine Handvoll *NFL*-Footballspieler, eine weltberühmte Krimiautorin. In Gold eingerahmte *Awards of Merit* (Leistungsauszeichnungen) bezeugten den hohen akademischen Standard der Schule. Der Parkplatz, der nur für die Schüler gedacht war, war größer als das Schulgelände, weil über die Hälfte der zweitausend Schüler täglich im eigenen Auto kam. Ansonsten bestand die Schule aus zweckmäßigen Gebäuden, die nicht besonders schön, aber funktional waren. Valentin filmte alles: den riesigen Sportplatz mit dem *American-Football*-Feld, die 400-Meter-Laufbahn, die Tribünen für ein paar Hundert Zuschauer und die ungewöhnliche Kantine, die wie ein Bankschalter aussah.

In der ersten Woche sollte Valentin Conor überallhin begleiten, danach würde er sich aus dem Angebot der Wahlfächer eigene Kurse aussuchen dürfen. Unter *World Languages* oder *Applied Technology* konnte

Torrey Pines High School

er sich nichts Konkretes vorstellen, aber es gab auch *Video, Film & Multimedia* und sogar *Dance*.

Conors Lieblingsfach war *Visual and Performing Arts*, was Valentin unter Theater AG verbuchte, nur dass man in diesem Fach Noten bekam. Schon am ersten Tag in der neuen Schule nahm Conor Valentin zur *Drama Class* mit, wo Valentin das Mädchen kennenlernte, das das Gespräch am vorherigen Abend so geprägt hatte: Trinity Dayle.

Die *Drama Class* fand in einem echten kleinen Theaterstudio statt, mit einer leicht erhöhten Tribüne, die ungefähr hundert Zuschauer fasste. Die Schauspiellehrerin hieß Marinee Payne, aber die Schüler durften sie mit ihrem Vornamen anreden. Marinee (ausgesprochen »Mary« + »nay«) war Mitte sechzig und strahlte eine sofort spürbare Vitalität aus, als ob die Nerven in ihrem Körper ständig glühten. Sie war eine kleine, gedrungene Frau mit kurzem weißem Haar und einer heiseren Stimme und stolze Besitzerin einer Vielzahl von Tätowierungen und Piercings. Sie trug Sprüche wie *Art is the Antidote to Authority* (Kunst ist das Gegenmittel für Autorität) auf dem Arm. Weisheiten von Konfuzius und literarische Zitate schmückten ihre Waden. Manche Tätowierungen waren sogar frisch, auch wenn ihre Haut faltiger als die Schnauze eines Boxerhundes war.

Die Klasse probte das Stück *Romeo and Juliet*, und Conor spielte die Hauptrolle des romantischen Helden. Sein weibliches Gegenüber war das bereits erwähnte Mädchen Trinity Dayle.

Sie betrat den Saal mit einem traurigen, hübschen Gesicht, das sofort etwas in Valentin auslöste. Sein Herzschlag stockte, ein seltsamer Druck schwoll in seinem Brustkorb an. Das Mädchen bewegte sich langsam und bedächtig durch den Raum, als würde sie mit ihrem schweifenden, suchenden Blick alles um sich herum aufnehmen, jede Bewegung, jeden Ton, und alles dazwischen. Ihre langen braunen Locken rahmten die feinen Züge ihres Gesichts ein. Sie hatte schwarze Augen, wie Edelsteine, in denen man sich verlieren konnte. Ihr Mund schimmerte. Valentin war sofort klar, dass sie nicht wie die anderen Mädchen war. Sie war nicht nur anders gekleidet – schlicht, aber elegant, keine Marken, keine grellen Farben –, sie hatte etwas Zauberhaftes an sich.

Schnell schaute Valentin weg. Er nahm sein Phone aus der Hosentasche und sah nach, ob Matze sich gemeldet hatte. Nichts.

Das Gefühl, das in ihm aufstieg, gefiel ihm gar nicht. Er verdrängte es so gut wie möglich und machte ein paar Bilder vom Saal. Er ging zum Bühnenbild an der hinteren Wand und schaute sich die Requisiten an, die überall in den Kisten lagen. Er filmte alles, außer das Mädchen, das jetzt hinten auf der Tribüne Platz nahm.

Als Valentin sich zur Tribüne umdrehte, bekam er einen Schreck. Neben Trinity saß Anne. Die beiden Mädchen sahen aus wie zwei ungleiche Schwestern, die eine blond, die andere dunkelhaarig, aber sie gehörten eindeutig zusammen. Während Trinity einen Notizblock aus ihrer Tasche hervorkramte, starrte Anne quer durch den Saal zu Valentin hinüber und musterte ihn voller Missbilligung. Ein kalter Schauer lief ihm über den Rücken.

»Okay, then let's get this show on the road!« Marinee klatschte in die Hände und unterbrach Valentins ungewollten Tagtraum.

Die letzten Theaterschüler setzten sich auf der Tribüne hin. Valentin wollte es sich gerade neben Conor bequem machen, als Marinee ihn ansprach: »Conor tells me you're from Germany, is that right?«

»Ähm ... yes«, antwortete Valentin etwas benommen. Er schaute vorsichtig zu der Stelle, wo er Anne gerade gesehen hatte. Der Stuhl neben Trinity war jetzt unbesetzt.

»Then maybe you can explain the famous balcony scene in *Romeo and Juliet*«, fuhr Marinee fort und drückte ihm ein Manuskript in die Hand. »Page twenty-five. One of the most famous scenes ever written by Shakespeare.«

Neben ihm blätterte Conor eifrig bis zur genannten Seite.

»Back at the time of Shakespeare, German and English were much closer than they are today«, erklärte Marinee. »That's hardly surprising since half the English population came from Germany in the 5th century. That's the Saxon part of being Anglo-Saxon, in case you didn't know. Sentence structure and vocabulary were often very close. Take the word *thou*, for example. Can you see any similarity to the German?«

Valentin hatte nicht die leiseste Ahnung, wovon sie sprach.

Marinee zeigte auf einen Satz im Text: »›*Thou canst not teach me to forget.*‹[1] Does that sound German to you?«

In Valentins Ohren klang es eher wie Urdu, aber die Schreibweise des Wortes *canst* brachte ihn auf den Zusammenhang.

»*Du* in German?«, fragte er.

»Exactly!« Marinee klatschte in die Hände, als wäre Valentin ein Hund, der gerade ein tolles Kunststück aufgeführt hatte. »*Du* is German for *you*, and in Shakespearian English it becomes *thou*. Later it becomes the word *you* which we use today.«

Zahlreiche Köpfe nickten in einhelliger Zustimmung. Valentin hoffte, dass sein Auftritt damit vorbei wäre, aber Marinee Payne war noch lange nicht fertig mit ihm.

»The famous balcony scene from *Romeo and Juliet* is quoted by people all around the world. *›O Romeo, Romeo! wherefore art thou Romeo?‹*[2] But most people misunderstand what Juliet is saying. They think she's calling out his name, as in *Hey, Romeo, where are you?* But if you speak German, it's easy to know what she's really saying, am I right, Valentin?«

Marinee schaute Valentin erwartungsvoll an. Alle Augen waren jetzt auf ihn gerichtet. Er blickte auf die Textstelle und übersetzte den Satz wortwörtlich ins Deutsche: *Wofür bist du Romeo?* Dann übersetzte er die Frage zurück ins Englisch und gab seine Lösung zaghaft der Runde bekannt: *»Why are you Romeo?«*

Seine Antwort löste einen Freudenschrei bei Marinee aus. »Isn't he adorable?«, trällerte sie. »You're absolutely right! Juliet is on the balcony. She's just met Romeo and she's seriously in love. But she's also found out that Romeo is a member of the Montague family, whom her own family hates. She's really confused and she's thinking out loud: *Of all the people I could fall in love with, why do I have to fall in love with the one person I can't be with? Why Romeo?* That's what she's saying.«

Erneut nickende Köpfe in der Runde.

Marinee sprang auf. »Okay. Conor, Trinity, you're on!«

Conor erhob sich und flüsterte Valentin dabei ins Ohr: »You should film this.«

Das verschmitzte Grinsen in seinem Gesicht hätte Valentin sofort verraten müssen, dass er etwas im Schilde führte, aber Valentin holte trotzdem sein Phone hervor.

»We've set the play in Balboa Park«, erklärte Marinee und deutete auf eine einsame Parkbank mitten auf der Bühne. »Okay, folks. When you're ready ...«

Trinity legte sich schlafend auf die Bank, während Conor zum Ausgang ging, von wo aus er die Bühne betrat. Was daraufhin passierte, hätte Valentin niemals erwartet ...

THEATERSAAL / HIGH SCHOOL INNEN / TAG

Trinity in der Rolle der Julia schläft auf einer Parkbank. Conor in der Rolle des Romeo betritt die Bühne und sieht das schlafende Mädchen.

CONOR / ROMEO

»But soft! what light through yonder window breaks? / It is the east, and Juliet is the sun.«[3]

Er nähert sich dem schlafenden Mädchen.

CONOR / ROMEO

»See! how she leans her cheek upon her hand: / O! that I were a glove upon that hand, / That I might touch that cheek!«[4]

Trinity wird wach und murmelt schlaftrunken.

TRINITY / JULIA

»Aye me.«[5]

CONOR / ROMEO

»She speaks: / «[6]

Trinity richtet sich auf. Conor versteckt sich hinter der Parkbank.

CONOR / ROMEO

»O! speak again, bright angel; for thou art / As glorious to this night, being o'er my head, / As is a winged messenger of heaven / Unto the white, upturned, wond'ring eyes / Of mortals, that fall back to gaze on him ...«[7]

TRINITY / JULIA

»O Romeo, Romeo! wherefore art thou Romeo?«[8]

Conor springt hinter der Parkbank hervor und brüllt lachend:

CONOR / ROMEO

Well, I'm here!

Es herrschte ein Augenblick lang ein irritiertes Schweigen im Theatersaal. »Um ... no«, sagte Marinee, die im Gegensatz zu allen anderen nicht im Geringsten überrascht wirkte.

Die ganze Klasse lachte auf. Mit Engelsgeduld nahm sich Marinee Conor souverän zur Brust und erklärte ihm, warum er den Text falsch interpretiert hatte. Jeder wusste, dass es nur ein Scherz gewesen war, aber Marinee ging darauf nicht ein. Sie nahm Conor ernst und suchte die Aussprache mit ihm.

Romeo and Juliet

Während Marinee mit Conor diskutierte, verließ Trinity das Rampenlicht und setzte sich zu Valentin in die erste Reihe.

»Did you really just film that?«, fragte sie.

»Hm«, sagte er. Etwas kratzte ihm im Hals. Er konnte nicht sprechen. Sein Herz schlug einen ungewohnten Rhythmus an, als würde es ins Stolpern geraten. Er beugte sich vor und tat so, als wollte er etwas in seine Tasche packen, ohne Trinity dabei anzuschauen.

Valentin konnte nicht sagen, woher seine Schüchternheit kam. Weder sein Vater noch seine Mutter waren schüchtern. Im Gegenteil, beide genossen ein ausgeprägtes Berufsleben und einen aktiven Freundeskreis, er in der Kirche, sie im Sportstudio. Valentins kleine Schwester, die noch im Grundschulalter war, plapperte wie eine Weltmeisterin. Valentin war der Einzige in der Familie, dem es gegeben war, zu schweigen. Er redete wenig.

Und jetzt gelang es ihm nicht, sich mit Trinity zu unterhalten. So war es damals auch bei Anne gewesen. Es hatte ihn Monate gekostet, bevor er es geschafft hatte.

Trinity stieß einen Seufzer aus. »He's such a dumbass«, sagte sie mit Blick auf Conor, der noch immer in das Gespräch mit Marinee vertieft war.

Valentin konnte es nicht abstreiten. Er fand Conors Witz auch nicht gerade passend. Es gab bestimmt bessere Bühnen, um seinem Humor freien Lauf zu lassen, als bei einer Probe zu *Romeo und Julia*.

»One day he's going to regret one of his stupid pranks«, fuhr Trinity fort. »I mean, he never does this crap with anyone else.«

Das Wort *crap* hörte sich sonderbar aus Trinitys Mund an, als passte es nicht zu ihr.

»Please don't put it online«, sagte sie. »For his sake.«

»Okay«, brachte Valentin hervor.

Anne hatte sich oft auf ähnliche Art und Weise über Sachen aufgeregt, die sie für ungerecht hielt. Das hatte Valentin an ihr geliebt. Zumindest bis zu dem Tag, an dem sie Valentin das größte Unrecht antat, das man jemandem antun kann.

Es klingelte im Saal. Trinity drehte sich zu ihm um und lächelte. »I've got Math next. What about you?«

»I don't know. I'm with Conor.«

»Well, good luck!«

Valentin war froh, als Trinity endlich weg war. Sein Herz fand langsam seinen gewohnten Rhythmus wieder. Der Druck in seinem Brustkorb ließ nach. Er musste ein paarmal tief durchatmen, doch es ging ihm wieder gut.

Was war nur mit ihm passiert? Trinity war hübsch, keine Frage, aber es gab überall hübsche Mädchen.

Er erinnerte sich daran, wie es gewesen war, als er Anne zum ersten Mal gesehen hatte. Sie hatte ein ähnliches Gefühl in ihm hervorgerufen. Auch damals hatte er sofort gemerkt, wie sich etwas in ihn hineinschlich und still und leise vor sich hin wuchs, zuerst nur ganz wenig, dann immer mehr. Als hätte sich ein dünner Riss in einem Felsbrocken gebildet, der im Laufe der Zeit immer größer wurde, bis sich der Felsbrocken vollkommen vom Berg löste und eine Lawine in Gang setzte.

Nun spürte er wieder dieses Gefühl, und es machte ihm Angst.

Nein. Auf dieses Spiel würde er sich nicht einlassen. Seine Schmerzen waren zu groß, sein Vertrauen aufgebraucht, die Wunden seiner zerrütteten Liebe noch offen. Er war mehr als bereit, auf die Höhenflüge des Lebens zu verzichten, um die Tiefen zu vermeiden. Es lohnte sich sowieso nicht. Seine Zeit in den USA war begrenzt. Er war nicht stark genug, um das Leid einer Trennung noch mal auszuhalten.

»I see you met Trinity«, unterbrach Conor seine Gedanken, der plötzlich wie aus dem Nichts auftauchte. Er grinste über das ganze Gesicht. »She's just great, isn't she?«

Viva Mexico!

Valentins erste Woche in der neuen Schule verlief ohne große Ereignisse. Er verbrachte die meiste Zeit mit Conor, der ein Einzelgänger zu sein schien. Er kam mit allen gut aus, war aber mit keinem wirklich befreundet. Valentin bekam schnell mit, dass er von vielen Mädchen heimlich verehrt wurde, aber Conor interessierte sich nicht für sie, was die Sache für Valentin leichter machte.

Auf der *High School* waren die Mädchen zuerst neugierig auf ihn, den Fremden aus Deutschland, aber Valentin strahlte ein solches Desinteresse aus, dass er ihnen keinen Anlass gab, mit ihm zu flirten. Wenn er im Flur oder auf dem Schulhof an einer Gruppe Mädchen vorbeiging, bildeten sie einen Kreis, und er vernahm nur noch ein leises Flüstern – wobei meistens der Kommentar »He's got such a cute accent!« zu hören war.

Manche Mädchen trauten sich, Valentin direkt anzusprechen. Sie fragten ihn über das Leben in Hamburg aus oder wie er San Diego fände, und die tollkühnsten unter ihnen wollten sogar ein paar Wörter Deutsch von ihm lernen. Am häufigsten fragten sie »How do you say *I love you* in German?« und erröteten daraufhin meistens. Einige Mädchen machten sich sogar die Mühe, mit ihm über *Soccer* zu sprechen (nicht über *Football*), weil sie dachten, dass sich alle deutschen Jungs für Fußball interessierten.

Valentin bemühte sich, alle Fragen zu beantworten, aber es machte ihm keinen Spaß. Er las in ihren Blicken, dass sie mehr von ihm wollten – einen kleinen Flirt, eine kurze Romanze, vielleicht sogar ein *Date* mit dem *German Boy* –, doch es gab kein Durchkommen für sie.

*

Am Ende seiner ersten Woche in Torrey Pines frühstückte Valentin eines Morgens allein mit Conor, als Conor aus dem Fenster schaute und sagte: »Have you noticed that all the gardeners around here are Mexican?«

Valentin folgte seinem Blick und sah draußen zwei Männer in grünen Latzhosen, die die Sträucher rund um das Gartenhäuschen schnitten. Einer trug ein rotes Käppi, dessen Schirm einen dunklen Schatten auf sein Gesicht warf. Das Gesicht des Älteren war von tiefen Furchen gezeichnet.

»I have«, sagte Valentin. »Why is that?«

Conor lachte, als wäre die Frage naiv. »'Cos Mexicans are cheaper. Plus you don't have to give them any job security, especially if they're illegal.«

Valentin war schon aufgefallen, dass viele Handwerker in Torrey Pines aus Mexiko stammten. Ihre Pritschenwagen waren oft vor den Häusern zu sehen, wo sie die *Backyards* und die Vorgärten pflegten. Er ahnte, dass es sich um Billiglöhner handelte, aber die Frage ihres Rechtsstatus hatte er bisher noch nicht bedacht.

»Are they legal?«, fragte er mit Blick auf die zwei Männer im Garten.

Conor zuckte mit den Schultern. »I don't know. My dad doesn't care.«

Eine Weile beobachtete Valentin die zwei Gärtner und fragte sich, wie es sein musste, illegal in einem fremden Land zu leben. Wenn man einen Unfall hatte, kam man dann trotzdem ins Krankenhaus? Wenn man ausgeraubt wurde, durfte man zur Polizei gehen? Musste man immer aufpassen, nicht aufzufallen? Musste man jede Situation, die Ärger nach sich ziehen könnte, achtsam vermeiden? Konnte man sich überhaupt zu Hause fühlen?

Während Valentin aus dem Fenster schaute und seine Gedanken noch immer um das ungewisse Leben der Gärtner kreisten, erhob sich Conor vom Tisch, schnappte sich seinen Autoschlüssel und sagte: »Come on. I want to show you something.«

Eine halbe Stunde später standen sie vor der mexikanischen Grenze. Die Grenzkontrolle sah aus wie ein Knast. Schwer bewaffnete Beamte patrouillierten vor dem Panzerglas und bewachten den Stacheldrahtzaun. Eine Fußgängerbrücke überspannte den *Freeway*, dessen zwei Fahrtrichtungen ganz unterschiedliche Bilder abgaben. Auf der einen Seite standen die Autos Stoßstange an Stoßstange, so weit das Auge reichte, um in die USA einzureisen. Auf der anderen Seite flitzten einzelne Fahrzeuge vorbei. Sie waren auf dem Weg nach Mexiko und hielten erst an, wenn sie durch den Zoll fahren mussten. Ein Strom von Menschen überquerte die Fußgängerbrücke, ebenfalls überwiegend nur in eine Richtung. Die alte Straßenbahn, die die zwanzig Kilometer lange Strecke in die Innenstadt zurückfuhr, war voller Mexikaner.

»Crazy, huh?«, fragte Conor. »Two worlds meeting at an imaginary line on the ground.«

Conor erzählte, dass er noch nie in Mexiko gewesen war, obwohl es so nah war. Seine Eltern hatten es ihm wegen der Entführungsgefahr verboten. Ein reicher Junge in einem armen Land – es ließ sich leicht schnelles Geld mit ihm machen. Zu seinem eigenen Trost sagte er: »But you don't need to go to Mexico to meet Mexicans. Forty percent of the population in San Diego is Hispanic. Chula Vista is almost completely Latino. They say that white people will no longer be a majority in America by the year 2043. It's my dad's greatest fear.«

Er verstellte die Stimme und ahmte seinen Vater mit erhobenem Zeigefinger nach: »Mexico isn't just on our doorstep. It's sitting in the living room watching TV with us! The next thing you know, the Mexicans will be taking over the remote control and we'll have to spend all day watching their *telenovelas*!«

Valentin lachte. Er konnte Conors Vater leibhaftig vor sich sehen, seine aufbrausende Art, den Eifer, mit dem er seine politische Auffassung vertrat. Gerry Faraday war ein Republikaner der ersten Stunde, ein eingefleischter Erzkonservativer. Genau wie Conor konnte Valentin Gerrys Fremdenangst nicht teilen, aber im Gegensatz zu Conor fand Valentin seine Eltern alles in allem gar nicht so übel. Gerry war ein mürrischer Typ und – genau wie Conor selbst – rastlos und impulsiv, aber er war auch schlau und nachdenklich. Seine Frau Audrey hatte zwar ein bestimmtes Bild von sich, das sie konsequent pflegte, doch sie kümmerte sich nicht immer nur um ihre Frisur oder um ihre Pferde. Conors Eltern hatten durchaus ihre guten Seiten. Sie waren zuverlässig und großzügig und hatten das Herz am richtigen Fleck, auch wenn man das nicht immer bemerkte. Es gefiel Conor natürlich nicht, dass Valentin seine Eltern nicht so problematisch fand wie er selbst. Der Einfachheit halber verbuchte er es unter der Ahnungslosigkeit seines deutschen Gastes.

*

Am Nachtmittag fuhren die Jungs zum Balboa Park, der großen Grünanlage im Herzen San Diegos, die viele Museen und den weltberühmten Zoo beherbergte. Dort fand ein großes Volksfest statt. Latinos, Asiaten, Europäer, Araber, Afrikaner – sie alle hatten ihre Verkaufsstände aufgebaut und boten ihre Nationalgerichte an: *Burritos, Pad Thai*, Pfannkuchen, *Kebab*. Der Essensduft änderte sich alle paar Schritte, von süß nach sauer, von Gebratenem zu Gebackenem. Musiker aus unterschiedlichsten Kulturen begleiteten das Fest und feierten die Vielfalt ihrer Stadt. Halb San Diego schien auf den Beinen zu sein und schlenderte schaulustig zwischen den Buden herum. Es herrschte eine schöne Stimmung, feierlich und weltoffen, von der Zwangsaufteilung an der US-mexikanischen Grenze keine Spur.

Mitten im Gewimmel begann Conor mit seiner eigenen Show. Er hatte seine Gitarre aus dem Kofferraum geholt und setzte sich nun auf die Stufen des Naturkundemuseums, um ein paar Lieder zu spielen. Valentin filmte ihn dabei. Conor war so anders als er selbst. Er schien vor nichts Angst zu haben und suchte immer wieder das Rampenlicht, als wollte er ständig provozieren oder zumindest überraschen. Jeder Moment mit Conor war unterhaltsam, auch wenn Valentin manchmal schlucken musste, weil sein Humor nicht immer passend war und die Leute um ihn herum oft überforderte. Valentin wusste nie, was Conor als Nächstes tun würde, doch er vertraute ihm vollkommen.

»Come on man, put the cup down«, sagte Conor, während Valentin ihn filmte. »I need the money, right?«

Wenn jemand kein Geld brauchte, dann war es Conor. Trotzdem stellte Valentin den Plastikbecher, aus dem er gerade eine Cola getrunken hatte, vor Conors Füße. Er fand die Idee lustig.

Der Becher brachte nichts. Die Leute liefen schnurstracks an Conor vorbei. Entweder waren sie unbeeindruckt von seinem musikalischen Können, oder sie verstanden nicht, warum er der einzige Musiker auf dem Fest war, der für seinen Auftritt Geld verlangte. Nur ein Mädchen warf Conor ein paar Cent in seinen Klingelbeutel – vermutlich aus Mitleid –, als sie aus dem Museum kam und ihn auf der Treppe spielen sah.

Schließlich gab Conor auf. Er packte seine Gitarre weg, und die Jungs gingen weiter durch den Park. Valentin ließ die Kamera laufen, filmte die Essbuden und den Jahrmarkt und staunte über die Anzahl der christlichen Fundamentalisten, die die Gunst der Stunde nutzten, um viele Leute zu erreichen. *Trust Jesus and be Saved* stand auf ihren Plakaten, oder: *Get Right with God*, was Valentin in »Verständigt euch mit Gott« übersetzte.

Plötzlich sah Valentin das Mädchen, das Conor kurz zuvor Geld gegeben hatte. Sie saß auf einer Treppe hinter einem der Museen und tippte etwas in ihr Handy. Als Valentin seinen amerikanischen Freund auf sie aufmerksam machte, sprang Conor sofort die Treppe hinauf, um das Mädchen anzusprechen. Auch in dieser Hinsicht war Conor ganz anders.

Party Time in Balboa Park

Er dachte selten über sein Handeln nach und reagierte spontan. Valentin beneidete ihn darum, denn seine Schüchternheit war für ihn durchaus eine Last.

Auf den ersten Blick hielt Valentin das Mädchen für eine Asiatin. Sie hatte dicke schwarze Augenbrauen und war stark geschminkt, mit langen Kajalstrichen, die über ihre Augenwinkel hinausliefen. Ihr dunkles, glattes Haar reichte ihr bis zu den Ellenbogen. Ihr Gesicht war rund und hübsch. Sie trug eine hellbraune Strickjacke, darunter ein kurzes schwarzes Kleid mit bunten Pailletten auf der Brust und schwarze Leggings mit rosafarbenen Socken. Valentin war neugierig, wie das Mädchen auf Conor reagieren würde. Es konnte auch schiefgehen ...

TREPPENGELÄNDE /
MUSEUM / BALBOA PARK — AUSSEN / TAG

Das Mädchen sitzt auf einer Mauer und tippt etwas in ihr Handy. Conor kommt dazu.

CONOR

Excuse me. Are you the girl who gave me money before?

Das Mädchen schaut auf.

LUCIA

Oh, yeah. On the stairs?

Sie lächelt.

CONOR

You're the only one that gave me money.

LUCIA

Really? That doesn't surprise me!

CONOR

Aw, come on! Was I that bad?

LUCIA

Not *bad*. I gave you money.

CONOR

Yeah, I guess so ... What's your name?

Das Mädchen überlegt einen Augenblick.

LUCIA

I'll tell you if you sing me a song.

Conor lacht. Er reicht dem Mädchen die Hand.

CONOR

Come on now! I'm Conor ...

Das Mädchen nimmt seine Hand nicht entgegen.

LUCIA

The song.

Conor zögert, schließlich gibt er nach. Er holt seine Gitarre hervor, setzt sich neben das Mädchen und fängt an zu spielen. Ein Lied von Green Day. Er singt die ersten Zeilen, dann bricht er abrupt ab und wendet sich wieder dem Mädchen zu.

CONOR

Name?

Das Mädchen lächelt.

LUCIA

Lucia.

Conor nennt seinen Namen und gibt Lucia lächelnd die Hand.

Valentin mochte Lucia auf Anhieb. Sie war schüchtern und sprach deutlich weniger als Conor, aber nicht, weil sie weniger zu sagen hatte. Wenn sie etwas sagte, traf sie die Sache auf den Punkt. Sie hatte stets eine Antwort parat, war schlau und mit einem feinen Sinn für Humor gesegnet, der Conors ebenbürtig war. Sie nahm alles auf, was Conor sagte, und schmunzelte über seine Witze, ohne sich von ihm aufziehen zu lassen. Außerdem strahlte sie eine Ruhe aus, die Conor vollkommen entwaffnete, gerade auch weil sie frei von jeglicher Rechthaberei oder Überheblichkeit war.

Für den Rest des Tages war Conor wie ausgewechselt. Er ging neben Lucia her und grinste um die Wette, als würde ihr

Making Eyes

bloßer Anblick genügen, um sein Glück vollkommen zu machen. Valentin erkannte ihn kaum wieder.

Lucia erzählte den Jungs, dass sie in City Heights wohne, einem Viertel in der Innenstadt, ziemlich weit weg von Torrey Pines, doch verhältnismäßig nah am Balboa Park. Genau wie Conor war sie ein *Senior* in der *High School*, und auch sie liebte das Fach *Drama*. Ihre Eltern kamen aus Mexiko. Sie war mit einer Freundin auf dem Fest gewesen, bis diese nach Hause gehen musste, deswegen war sie nun allein unterwegs.

Lucia blieb eine Weile mit den Jungs zusammen und machte keinen Hehl daraus, dass sie Conor mochte. Als sich die Sonne aus dem Staub machte und die Dunkelheit hereinzubrechen drohte, wollte sie nach Hause gehen. Der Bus fahre nicht mehr so oft, sagte sie, und sie liefe abends nicht so gerne allein draußen herum.

»I can drive you home«, schlug Conor vor.

Lucia lehnte dankend ab. »Thanks. I'll take the bus.«

Conor gelang es nicht, Lucia umzustimmen, aber er schaffte es, ein baldiges Wiedersehen zu organisieren.

»What are you doing tomorrow afternoon?«

»Nothing much.«

»Why don't we hook up?«

Hook up? In Valentins Ohren klang das nach einem Fisch an einem Angelhaken.

Lucia nahm Conors Aufdringlichkeit mit Humor hin. Vielleicht war sie sogar geschmeichelt. Die beiden tauschten ihre Telefonnummern aus und vereinbarten ein Treffen für den nächsten Tag. Lucia wollte nicht, dass Conor sie zu Hause abholte, obwohl sie selbst kein Auto hatte. Stattdessen verabredeten sie sich in einem Einkaufszentrum auf halber Strecke zwischen Torrey Pines und City Heights, bevor Lucia davoneilte und in der Abenddämmerung verschwand.

Conors euphorische Stimmung kippte sofort. Für den Rest des Abends überkam ihn alle paar Minuten ein heftiger Stimmungswechsel, der Valentin wieder einmal die Gefahren der Liebe vor Augen führte. Im Überschwang der Gefühle sang Conor ein Loblied auf Lucia, doch im nächsten Moment wurden seine strahlenden Augen plötzlich trübe, und er grübelte mürrisch vor sich hin.

Das hat man von der Liebe, dachte Valentin. Von einem Augenblick auf den anderen verändert sich alles. Als Single läufst du glücklich durch die Gegend, hast Spaß mit deinem Kumpel, kannst machen, was du willst. Alles *easy*. Doch dann verliebst du dich in ein Mädchen, und ehe du dich versiehst, bist du ein seelisches Wrack.

Wenn Valentin weitere Beweise für die Gefahren der Liebe gebraucht hätte, so wären ihm jetzt einige geliefert worden.

Die zwei Freunde blieben noch eine Weile auf dem Fest. Conor wollte nicht nach Hause, dort wartete keiner auf ihn, und Valentin hatte nichts dagegen, länger im Park zu bleiben. Er liebte es, Menschen im Vorbeigehen anzuschauen. In Hamburg hatte er oft stundenlang mit Matze in einem Café gehockt und die vorbeiziehende Menschenmenge beobachtet.

Jetzt, wo der Sommer sich dem Ende zuneigte, erlebte San Diego eine seltsame Mischung aus zwei Jahreszeiten. Tagsüber war es noch ziemlich heiß, reines T-Shirt-Wetter, aber die Nacht begann früh und brachte kühle Herbstluft mit sich. Mit der Dunkelheit stieg auch der Andrang der Menschen im Park. Die Besucher strömten über die Cabrillo Brücke, die über den *Freeway* führte und das Museumsquartier mit *Down-*

town verband. Eine Truppe *Bible-bashers* tauchte in der Finsternis auf und predigte in aufdringlichen, hitzigen Tönen das Evangelium. Valentin hörte ihnen eine Weile zu, lauschte ihren penetranten Rufe nach *Salvation* und Erbarmen und fragte sich, was eine solche Überzeugung in ihnen hervorgerufen hatte.

Er wollte gerade vorschlagen, dass sie sich auf den Heimweg machen sollten, als Conor jemanden in der Menschenmenge erkannte.

»Dude, dude! Look! It's Trinity and Chelsea«, sagte er und zeigte auf das andere Ende der Brücke. »I didn't think we'd see them here. I mean, there's a couple of hundred people here, right?«

Valentin blickte in die Richtung, in die Conor wies. Trinity und eine Freundin saßen auf der Brücke, nur einen Steinwurf entfernt. Sie standen auf und machten den Eindruck, als wollten sie weitergehen.

»Dude, they're leaving«, zischte Conor. »Watch this!«

Als Conor von der Mauer heruntersprang, wollte Valentin am liebsten im Boden versinken. Er ahnte, dass Conor wieder etwas im Schilde führte, und er hatte keine Lust, Trinity zu sehen. Nach ihrer Begegnung in der *Drama Class* hatte er sie die ganze Woche über erfolgreich gemieden. Nun drohte ihm eine Blamage im Doppelpack: Conor würde sich bestimmt seltsam aufführen, und er selbst würde vermutlich wieder einmal gar nichts sagen können, sondern Trinity nur sprachlos anstarren.

Als die zwei Mädchen an ihnen vorbeigingen, stellte Conor sich ihnen direkt in den Weg und verbeugte sich theatralisch. »My ladies!«, sagte er.

Der alte Conor war schlagartig zurück.

Wenn er ein Feuer sah, goss er Benzin darauf.

Die Mädchen blieben kurz stehen und schauten Conor irritiert an. Valentin kannte das zweite Mädchen nur vom Sehen aus der Schule. Wenn nur dieses eine Mädchen da gewesen wäre, dann hätte ihn Conors Auftritt nicht weiter gestört, aber vor Trinity war es ihm peinlich. Ob sie nun auch ihn für einen *Dumbass* hielt?

Sofort ärgerte Valentin sich über sich selbst. Warum sollte es ihm etwas ausmachen, wenn Trinity ihn für einen Volltrottel hielt? Er wollte mit Mädchen sowieso nichts mehr zu tun haben, vor allem nicht hier in den Staaten, und nun beschäftigte es ihn, ob ihn dieses Mädchen leiden konnte oder nicht! Es war absurd! Trinity war doch nur irgendein *High School Girl*, das in ein paar Monaten keine Rolle mehr in seinem Leben spielen würde. Es konnte ihm völlig egal sein, was sie über ihn dachte.

Wortlos liefen die zwei Mädchen weiter und machten einen Bogen um Conor, als hätte er etwas Ansteckendes. Dabei schaute Trinity Valentin kurz an und grüßte ihn, als wäre zumindest er noch halbwegs normal, bevor sie mit ihrer Freundin in der Menschenmenge verschwand.

Surprise

Hung Up

Jeder kennt es: Man ärgert sich am allermeisten über sich selbst. Valentin war erst einen Monat in den USA, und schon lauerte die erste ernst zu nehmende Gefahr. Das ging ja gar nicht! Er hätte sich dafür eine Ohrfeige verabreichen können.

Wahrscheinlich war es nur eine Phase, hoffte Valentin. Das, was man auf Englisch *on the rebound* nennt, also die Zeit nach einer Trennung, in der man neuen Halt sucht, sprich, sich schnell wieder verliebt, um die Einsamkeit zu überbrücken. Aber da man es eigentlich nicht wirklich ernst meint, geht es meistens schief. Nach einer Trennung kommen Gefühle in einem hoch, die einzig und allein den Zweck haben, einen über die Enttäuschung hinwegzutrösten. So war es bestimmt mit Trinity. Sie war nur ein Trick seiner Gefühlswelt, die ihn aus seinem Loch herausgraben sollte, aber Valentin wollte keine Hilfe. Er verbannte Trinitys Gesicht aus seinem Gedächtnis, ihr schönes Lächeln und ihre geheimnisvollen Augen. Ihr Name kam ihm nicht mehr über die Lippen. Nicht mal Matze erzählte er von ihr.

Der einzige Vorteil an der Sache war, dass er nun weniger an Anne denken musste. Sie tauchte immer seltener in seinen Gedanken auf. Er träumte kaum noch von ihr. Es war schon eine Weile her, dass ihre Beziehung auf dem goldenen Strand von Timmendorf auf Grund gelaufen war, doch erst sein Aufenthalt in Amerika hatte Valentin den entscheidenden Schub gegeben, sie endgültig zu vergessen.

Valentin fühlte sich inzwischen schon ein Stück freier. Er war nicht mehr so träge wie noch bei seiner Ankunft in den USA. Zum ersten Mal fing er an, sein Umfeld wahrzunehmen, die Stadt und ihre Menschen, und in Conors Liebesleben, das sich rasant entwickelte, fand er ebenfalls die perfekte Ablenkung.

*

Im Laufe der nächsten Woche trafen sich Conor und Lucia mehrmals im Einkaufszentrum *Fashion Valley*, das vom *Freeway* aus wie ein riesiges Kraftwerk aussah und dessen Innenhöfe mit Palmen und Lichterketten geschmückt waren. Bei den ersten *Dates* waren sie natürlich allein, aber nach einer Weile lud Conor Valentin dazu ein, und so lernte auch er Lucia näher kennen.

Valentin fiel es nicht schwer, Lucia zu mögen. Mit nur wenigen Worten konnte sie Conor sprachlos machen – ein schönes Erlebnis, wenn man Conor gut kannte. Wenn sie lächelte, wurde der Raum einen Funken heller. Ihre Augen tanzten fröhlich hin und her, suchend, spielend, und im nächsten Moment wurde sie ganz ernst, während ihr Blick in die Ferne schweifte, als würde sie nach Mexiko schauen.

Nach und nach machte sich Valentin ein genaueres Bild von Lucia. Sie erzählte von ihren Eltern, die mit achtzehn Jahren in die USA gezogen waren. Sie waren damals illegal über die Grenze gekommen und hatten San Diego zu ihrem Zuhause gemacht, wo sie Arbeit gefunden hatten, er auf dem Bau, sie

First Date

als Putzfrau. Kurz danach war Lucias ältere Schwester geboren worden, zwei Jahre später sie selbst. Weder ihr Vater noch ihre Mutter sprachen Englisch. Im dem Viertel, wo Lucia wohnte, war es nicht nötig, sagte sie. Dort sprach jeder zweite Mensch Spanisch. Es gab mexikanische Supermärkte, mexikanisches Fernsehen. Lucias Schwester, die in *Downtown* arbeitete, hatte ihren Eltern geholfen, den ersten Antrag für die Einbürgerung zu stellen. Es war eine langwierige Prozedur, an der der Vater wenig Interesse hatte. Lucias Mutter trauerte ihren Eltern nach, die sie seit der Überquerung der Grenze nicht mehr gesehen hatte. Sie wohnten zwar nur ein paar Hundert Kilometer von ihnen entfernt, doch die Gefahr, dass man nachher nicht wieder in die USA einreisen durfte, war zu groß. Lucia hatte ihre Großeltern daher nie kennengelernt.

Es war eine traurige Geschichte, fand Valentin, aber eine sehr interessante – und umso mehr bewunderte er Lucias Mut und ihre Fröhlichkeit.

Die Beziehung blieb zunächst ein Geheimnis. Keiner der beiden erzählte jemandem davon. Lucia nicht, weil sie Angst davor hatte, dass ihre Eltern es ihr verbieten würden, mit einem Jungen aus dem reichen Norden zusammen zu sein. Sie sollte einen hispanischen Freund haben, jemanden, der ihre Kultur kannte und teilte. Deswegen wollte sie auch nicht von Conor zu Hause abgeholt werden. Conor hatte ebenfalls den Verdacht, dass seine Eltern von seiner neuen Freundin wenig begeistert sein würden, aber das machte ihm nichts aus. Im Gegenteil. Manchmal hatte Valentin sogar den Eindruck, als würde Conor daran großen Gefallen finden, auch wenn seine Eltern noch nichts von Lucia wussten.

Für Valentin war all das schwer zu begreifen. Er war selber

nie dazu gekommen, seinen Eltern Anne vorzustellen, doch sie hätten seine Freundin bestimmt gemocht. Es war eigentlich unvorstellbar, dass sie jemals etwas gegen eine Freundin von ihm haben könnten. Nur, weil sie Türkin war? Ich bitte dich! Weil ihre Mutter als Putzfrau arbeitete? Sollte das ein Witz sein? Weil der Vater Illegaler war? Da hätte Valentins Vater direkt geholfen. Die Neue hätte erst mal etwas ganz Schlimmes anstellen müssen, bevor seine Eltern irgendeinen Ton gegen sie gesagt hätten. Eine drogenabhängige Kleinkriminelle vielleicht?

Doch Conor hielt es für klüger, die Sache mit Lucia vorläufig für sich zu behalten. Nur Valentin wusste, wo er jeden zweiten Nachmittag nach der Schule hinfuhr und wohin er am Wochenende stundenlang verschwand.

Im Grunde war es eine Liebe, auf die man hätte neidisch sein können, aber Neid verspürte Valentin nicht. Wieder wurde er das Gefühl nicht los, dass es nicht gut gehen würde. Conors Beziehung zu Lucia war belastet, ihre Tage gezählt. Irgendwann würden die beiden ihren Eltern davon erzählen müssen, irgendwann würde alles herauskommen. Und dann würde es richtig krachen.

Es gab einfach keine unkomplizierte Liebe.

*

Während dieser Zeit ging auch Valentins *Easy Ride* in der Schule zu Ende. Sein mangelndes Interesse am weiblichen Umfeld bewirkte leider nicht das, was er damit erreichen wollte, sondern das genaue Gegenteil. Das »Betreten verboten«-Warnschild, das er sich metaphorisch um den Hals gehängt hatte, wurde letztendlich als »Knack mich, wenn du kannst« verstanden.

Irgendwann war es so weit, und das erste Mädchen traute sich, ihn in einer Weise anzusprechen, die keinerlei Zweifel an ihrem Beweggrund zuließ. Es war vorbei mit dem heimlichen Getuschel im Schulflur, den verstohlenen Blicken und dem Gekicher. Jetzt war *Action* angesagt.

Das Mädchen hieß Mackenzie, und sie besuchte mit Valentin den *American History*-Leistungskurs. Nach einer überfrachteten Stunde über den Amerikanischen Bürgerkrieg erwischte Mackenzie ihr Opfer an seinem Schließfach und fragte mit einem äußerst charmanten Lächeln: »I was thinking of going to the beach at the weekend. Do you wanna join me?«

Valentin war vollkommen überfordert und lehnte dankend ab: »Ähm, no, thanks, I'm doing something with Conor.«

Something? Eine brillante Ausrede! Was denn? Meeresmuscheln sammeln?

Überraschenderweise hakte das Mädchen mit den süßen Sommersprossen nicht nach. Stattdessen schlug sie vor: »Oh, okay. Why don't you give me your number anyway? We can hook up another time.«

Da wären wir wieder bei den Fischen am Angelhaken. Valentin kam sich wie eine bedrohte Art vor, die kurz vor der vollkommenen Vernichtung stand.

»My number?«, fragte er. War er nicht deutlich genug gewesen?

»Yeah. You know. Your *phone* number.«

»Oh, yeah. Right.«

Valentin beugte sich seinem Schicksal und gab Mackenzie seine Nummer. Was hätte er sonst tun sollen? Ihr die Bitte abschlagen? *No, I can't give you my number because ... because* ... Weil er eine ansteckende Krankheit hatte?

Er hoffte, dass Mackenzie sich nicht melden würde, und sein Wunsch ging in Erfüllung.

Stattdessen erhielt Valentin eine ganz andere Nachricht. Am gleichen Abend, als er zu Hause auf seinem rosafarbenen Bett lag und auf die rosafarbene Decke über ihm starrte, summte sein nicht rosafarbenes Handy: *Chelsea@TPHS sent you a video.*

Who the hell is Chelsea?, dachte Valentin.

Er war noch nicht mal sechs Wochen in den USA, da fing er schon an, auf Englisch zu denken.

TPHS. Torrey Pines High School. Und mit Chelsea war nicht der Fußballverein gemeint. Die Glöckchen klingelten leise in Valentins Kopf: Das Mädchen aus Balboa Park, das mit Trinity beim Volksfest unterwegs gewesen war, sie hieß doch Chelsea. Conor hatte ihm von ihr erzählt. Er meinte, sie sei ein bisschen komisch.

Warum schickte sie ihm jetzt ein Video?

Neugierig drückte er auf *Play* ...

BEI CHELSEA ZU HAUSE — INNEN / TAG

Ein Mädchen mit asiatischen Gesichtszügen (17) sitzt vor ihrem offenen Garderobenschrank und blickt angespannt in die Kamera. Sie streicht eine Haarsträhne aus ihrem Gesicht und rückt ihre Brille zurecht.

CHELSEA

Hey! It's Chelsea. I don't know if you've seen me around, but I've definitely seen you around and ...

Sie hält inne und überlegt. Dann fasst sie Mut.

CHELSEA

I think you're kinda cute. You should call me. Or text me. Or whatever, but I definitely want to get to know you better. You know ... so ... yeah ...

Sie setzt ein Lächeln auf, beugt sich nach vorne und drückt die Kamera mit einem traurigen Seufzer aus.

Das war's. Kurz und knapp. *To the point.*

Valentin starrte auf das dunkle Display. War das ihr Ernst? *I think you're kinda cute?* Er hatte bisher noch nie mit Chelsea gesprochen, geschweige denn mit ihr geflirtet. Niemand, der bei gesundem Menschenverstand war, hätte ihm ein solches Video geschickt. Jemand musste sie dazu angestiftet haben – aus Spaß. Oder sie hatte eine Wette verloren und war dazu gezwungen worden, etwas Peinliches zu machen. *Truth or Dare* oder wie hieß noch mal das Spiel? Das war die einzig logische Erklärung.

Valentin erinnerte sich daran, dass er Chelsea vorher in der Schule gesehen hatte, zusammen mit Mackenzie. Die beiden hatten miteinander geredet, als hätten sie ein Geheimnis. Wahrscheinlich hatte Mackenzie ihn nur deswegen angesprochen. Sie wollte die Nummer nicht für sich selbst haben, sondern für Chelsea. Daher war sie auch nicht im Geringsten enttäuscht gewesen, als er ihr für den Ausflug an den Strand abgesagt hatte.

Als Conor später nach Hause kam – nach einem weiteren

Out of the Blue

Date mit Lucia –, zeigte Valentin ihm das Video. Zu Beginn gab Conor keinen Ton von sich. Vollkommen regungslos schaute er sich Chelseas Liebeserklärung an. Als das Video zu Ende war, lachte er laut auf und sagte: »This is the best thing I have ever seen!«

Er schaute das Video noch mal an, und noch mal. Insgesamt spielte er das Video vier Mal ab und lachte sich jedes Mal kaputt, bis ihm die Tränen über die Wangen liefen.

»This is killing me! We have to put this online!«

Valentin schnappte ihm sein Phone aus der Hand. »No way.«

»Aw, come on, Val! Don't be such a killjoy! This is the best TV ever!«

»No. I'm deleting it.«

»What? You can't delete something like that! It's so funny!«

»I don't think it's funny. I think it's scary.«

Conor nickte, aber das Grinsen wich nicht aus seinem Gesicht. »That's Chelsea for you. She's completely nuts. She moved here a year ago. Everyone was nice to her at the beginning – until they found out what she's really like.«

»What is she really like?«

»A complete egomaniac. She thinks everything revolves around her. She's nice at first, but if you do something she doesn't like, she can be a real bitch. Trinity only hangs out with her because she feels sorry for her. Everyone else keeps away from her now. You should do the same.«

Valentin drückte trotzdem auf *Delete* und schaute dem schmalen Balken zu, der den Löschvorgang anzeigte. Er hätte Conor sein Leben anvertraut, aber nicht dieses Video.

*

Am nächsten Tag in der Schule kam es Valentin vor, als stünde er unter Dauerbeobachtung. Egal, wie sehr er sich bemühte, Chelsea aus dem Weg zu gehen, sie tauchte immer wieder auf, wie ein Spuk im Geisterhaus. Sie war im Theater, auf dem Sportplatz, vor der Kantine, überall zwischen den Strömen der Schüler. Sie sagte nichts, sondern bedachte ihn mit einem Blick, der ihm wie eine Drohung vorkam. Je länger er sie mied, desto finsterer wurde ihre Miene. Seine Hoffnung, dass es sich hierbei um einen Streich oder eine Wette handelte, erstarb.

Am Nachmittag suchte Valentin in der Pause Zuflucht in der Bibliothek. Er wollte etwas im Internet nachschauen, aber alle Computer waren besetzt. Er drehte sich um und entdeckte Trinity. Sie saß an einem Tisch und las ein Buch, die Schuhe ausgezogen, die Füße auf einen Stuhl gelegt. Sie trug eine lange schwarze Strickjacke, einen kurzen grauen Rock und Kniestrümpfe und sah – na ja – wie Trinity aus. Zwischendurch blickte sie nachdenklich in die Luft.

Als er sie bemerkte, überkam Valentin wieder dieses merkwürdige Gefühl, das im starken Kontrast zu seiner Reaktion auf Chelsea stand – Sehnsucht anstelle von Abneigung, Faszination statt Irritation. Vor Chelsea wollte er regelrecht fliehen, von Trinity fühlte er sich eher angezogen. Er musste sich beinahe zurückhalten, um sich nicht neben sie zu setzen, als hätte ihm allein ihre Nähe aus seiner Zwickmühle heraushelfen können.

Verrückt! Was dachte er sich bloß dabei? Selbst wenn er es wollte, konnte eine Beziehung in San Diego nur in der reinsten Katastrophe enden. Eine Beziehung über eine Entfernung von neuntausend Kilometer hinweg konnte beim besten Willen nicht funktionie-

Dream Girl

ren. Liebeskummer wäre vorprogrammiert. Außerdem wusste er nicht, ob sie ihn überhaupt mochte oder ob sein Gehirn ihm nur einen Streich spielte und ihm einredete, es wäre so. Ein Mädchen wie Trinity würde sich niemals für Valentin interessieren. Warum sollte sie sich auf jemanden einlassen, der nur vorübergehend da war?

Doch darum ging es ja sowieso nicht!, ermahnte sich Valentin, dessen Gedanken immer wirrer wurden. Er wollte es nicht. Punkt. Eine neue Beziehung *on the rebound* war keine gute Idee. Es sprach wirklich alles dagegen.

Er musste Trinity eine Weile beobachtet haben, denn als einer der Computer frei wurde, tauchte sie neben ihm am Pult auf.

»You film a lot, don't you?«, fragte sie.

Valentin war nicht klar, ob sie ihn gerade dabei erwischt hatte, aber in ihrer Stimme schwang zumindest kein Vorwurf mit.

»It's easier than writing a diary«, antwortete er.

»Can you help me with something?«

Er zuckte mit den Schultern. »What?«

»I want to audition for a TV show and I have to send in a video with a scene from a play. Could you film it for me?«

»I ...« Valentin wusste nicht, was er darauf antworten sollte. Aber was hätte er sonst sagen können außer *sure*?

»Sure.«

Nach der Schule trafen sie sich im Theater. Der Saal war leer, sie waren allein. Trinity machte sich für den Auftritt fertig. Sie wollte einen Monolog aus *Romeo and Juliet* rezitieren.

Valentin filmte die Szene drei Mal. Drei Mal schaute er Trinity zu, beobachtete die kleinen Bewegungen ihrer Gesichtsmuskeln, betrachtete die Konturen ihrer Lippen, sah den traurigen Blick in ihren Augen, und die ganze Zeit über spürte er, wie sich etwas tief in ihm drin bewegte.

Es war beeindruckend, mit welcher Klangfülle Trinity den Text wiedergab, als hätte sie jedes Wort verinnerlicht. Das half Valentin sogar dabei, den Inhalt zu verstehen, denn der Text war schwer zu übersetzen. Trinitys Stimme war voll schmerzlicher, wehmütiger Schönheit. Sie wirkte weich, fast verletzlich, als könnte sie erst jetzt, bei diesem Schauspiel, ihr wahres Gesicht zeigen.

*

Am Abend schaute sich Valentin die Aufnahmen erneut an und schnitt die drei Clips auf seinem Laptop zusammen. Als er Trinity am nächsten Tag das fertige Video zeigte, war sie begeistert. Nur eine Sache störte sie: »It's a shame about my lazy eye.«

Mit dem Begriff »faules Auge« meinte sie vermutlich, dass sie ein bisschen schielte. Valentin hätte ihr gerne versichert, dass es überhaupt nicht schlimm war, sondern es sie im Gegenteil sogar noch schöner machte. Denn sonst wäre sie ja perfekt, und das wäre doch kaum auszuhalten.

Aber sagte er ihr das?

Nein, natürlich sagte er es nicht!

»It's no big deal«, murmelte er stattdessen. Er wollte Trinity keinesfalls ein Kompliment machen. Es war schon schlimm genug, dass er bereits so viel Zeit mit ihr verbringen musste – ein Spiel mit dem Feuer. Er sagte einfach nichts mehr und hoffte, dass sich seine innere Aufregung bald wieder legen würde. Er wollte Ruhe. Nur Ruhe.

Julia's Lament

Baggage

Der arme Valentin! Neuntausend Kilometer geflogen, um die Fesseln einer gescheiterten Beziehung abzuschütteln, und was passierte? Ein Mädchen verdrehte ihm den Kopf!

Auf Englisch heißt das *Murphy's Law*: Es geschieht genau das, was nicht geschehen darf. So wie wenn einem ein Nutellabrot aus der Hand rutscht – dann landet es immer auf der Schokoladenseite.

Nicht dass Valentin es zugeben konnte. Natürlich nicht. Er tat alles, um sich dagegen zu wehren und das Gefühl zu unterdrücken, aber er hatte keine Chance. Man kann die Liebe nicht bekämpfen. Man kann sie nicht an- und ausschalten wie einen Wasserhahn. Sie kommt nicht auf Knopfdruck und verschwindet auf Wunsch auch nicht wieder. Sie ist, wie sie ist, das sagt sie doch selbst.

Ob es wirklich so etwas wie Liebe auf den ersten Blick gibt, ist eine ganz andere Frage. Es ist natürlich gelogen, dass es bei der wahren Liebe nur auf die inneren Werte ankommt. Leider haben weder Wissenschaftler noch Psychologen je feststellen können, was Menschen wirklich dazu bringt, sich ineinander zu verlieben, welche Kombination von zwischenmenschlichen Zutaten erforderlich ist für das besondere Erfolgsrezept. Wie viel macht körperliche Anziehung aus? Wie wichtig sind die Augen? Geht es um die Stimme oder gar um den Geruch?

Ein Blick kann Bände sprechen, ein Lachen entfacht oft mehr als die sinnlichen Kurven einer weiblichen Figur. Warum findet man ein bestimmtes Mädchen schöner als ein anderes? Warum sehen manche Jungs gut aus und andere nicht? Es gibt Typen, die nach gängiger Norm gar nicht mal so schlecht aussehen und die dennoch unattraktiv sind, weil ihnen etwas fehlt, und andere, die der Norm weniger entsprechen und trotzdem eine besondere Anziehungskraft haben. Ist das Charisma? Lebensfreude? Spaß? Wir werden es nie wissen.

Valentin hatten in seinem Leben schon viele Mädchen gefallen, aber verliebt hatte er sich bisher nur in Anne. Nun geschah es zum zweiten Mal, und er wusste nicht, was er tun sollte.

Bremsen an, Deckel drauf, Schlüssel weg?

Hatte er wirklich eine Wahl?

Doch Valentin hatte noch ganz andere Probleme als Trinity.

*

Eine Weile sah es so aus, als hätte sich die Sache mit Chelsea erledigt. Tage vergingen ohne weitere Kontaktversuche, die bösen Blicke ließen nach. Es kam zu keinem Gespräch zwischen ihnen.

Valentin hoffte, dass das Thema damit durch war, denn seiner Meinung nach war keine Antwort auch eine Antwort, und ein »Nein« muss nicht immer ausgesprochen werden. Doch Chelsea war leider weit davon entfernt, seine fehlende Reaktion als mangelndes Interesse zu interpretieren. Sie war fest davon überzeugt, dass es nicht an ihr liegen konnte. Jemand musste Valentin daran gehindert haben, auf ihre Videonachricht einzugehen. Es musste dafür eine Erklärung geben.

Valentin hatte damals keine Ahnung, welche Welle er in Torrey Pines ausgelöst hatte. In der Schule sorgte er unter den Mädchen für Unruhe, obwohl er nichts machte. Seinen Freund Conor spornte er unwissentlich dazu an, seinen strengen Eltern noch mehr die Stirn zu bieten und sich ihren Wünschen zu widersetzen. Und zu allem Überfluss biss sich nun Chelsea an ihm fest und war nicht bereit, ihn loszulassen.

Nein, Valentin ahnte es nicht, aber es passierte viel hinter den Kulissen. Und weil Chelsea davon überzeugt war, dass Valentins Schweigen nicht bedeuten konnte, dass er kein Interesse an ihr hatte, suchte sie den Grund dafür woanders. Sie fand ihn in Trinity Dayle. Es war alles ihre Schuld ...

BEI TRINITY ZU HAUSE — INNEN / TAG

Trinitys Handy summt. Chelseas Name taucht auf dem Display auf. Trinity geht ran.

TRINITY

Hey, Chelsea!

CHELSEA

Hey ... uhm ... I think we should talk.

TRINITY

Okay.

CHELSEA

Uhm ... yeah ... I really like Valentin.

TRINITY

Oh ...

CHELSEA

Yeah, and I've seen the way that he looks at you, and I've seen the way that you look at him.

TRINITY

I don't look at him any »way«, Chelsea.

Chelsea seufzt genervt.

CHELSEA

Trinity, I know you like him, and I would really appreciate it if you would just back off.

TRINITY

I don't like him. I'm not trying to be with Valentin.

CHELSEA

Trinity! Stop denying it! I know you like him, okay?

TRINITY

I promise you, I don't.

CHELSEA

Okay, well, you know what? I know for a fact that Valentin loves me, and I love him. Okay? Just stop getting in-between us.

TRINITY

Loves you?

CHELSEA

Yes. He loves me.

TRINITY

You guys have known each other for a month, Chelsea. Are you sure that ...

CHELSEA

Trinity! *You've* known him for a month. Just please stop drooling all over him.

TRINITY

Drooling over him?

CHELSEA

Yes! Stop being such a little slut, okay?

TRINITY

Chelsea, I'm honestly not trying to do anything ...

Bevor Trinity weitersprechen kann, legt Chelsea auf.

*

Girls' Talk

Valentin schlief, als sein Handy nachts summte. Er wurde davon wach und blickte auf die Uhr. Es war halb zwölf. Auf dem Display leuchtete dieselbe Nachricht auf wie beim ersten Mal: *Chelsea@TPHS sent you a video*. Seine Kehle wurde trocken.

Jetzt fragst du dich bestimmt, warum Valentin das Video nicht direkt löschte – er hätte sich einiges dadurch ersparen können –, aber sosehr er sich auch bemühte, er konnte seiner eigenen Neugierde nicht widerstehen.

Mit benebeltem Kopf klickte er das Video an …

BEI CHELSEA ZU HAUSE INNEN / TAG

Chelsea schiebt ihre Brille zurecht und schaut streng in die Kamera.

CHELSEA

It's me again …

Sie blickt nach unten und schluckt. Sie spricht schnell, abgehackt, verbissen:

CHELSEA

I've seen you walking around school, and I know you've seen me walking around school, and, to tell you the truth, I'm a little bit hurt that you haven't responded to my video that I made a few days ago – just for *you*.

Mit großer Mühe zwingt sie sich, freundlich auszusehen.

CHELSEA

But I'm willing to forgive you. And – you know what? – I know you can make this work, because I know you truly, secretly like me, because ...

Sie hält inne und sucht nach den passenden Worten.

CHELSEA

... because I love you.

Ihre Stimme zittert.

CHELSEA

There. I said it. And I hope you just respond to me and make the right decision.

Sie setzt ihr süßestes Lächeln auf, das die Grübchen neben ihren Mundwinkeln betont.

CHELSEA

Okay? Great!

Dann beugt sie sich vor und schaltet die Aufnahme aus.

Was?!? *I love you?* Was sollte das denn heißen? Und was meinte sie mit *I hope you make the right decision*? Was wäre denn die »falsche« Entscheidung? *Nicht* mit Chelsea auszugehen? Und dann? Würde sie ihm irgendwo mit der Kettensäge auflauern und auf ihn losgehen? Ihm Glassplitter in

In Love

sein Mittagessen mischen? Ihn mit ihrem SUV auf dem Schulparkplatz niedermähen?

Valentin hätte sie am liebsten direkt zurückgerufen und ihr gesagt, was er von ihren dämlichen Videos hielt, aber er ahnte schon, dass ein bisschen mehr Diplomatie nötig war.

*

Nach einer Nacht, in der seine Träume von der Farbe Rosa geprägt waren (überall sah er rosafarbene Mädchen, die auf ihn einredeten, rosafarbene Frauen, die ihn bedrängten: Chelsea, Anne, Cathleen Kirby, Mackenzie, Conors Mutter – wobei aus der Tiefe des Traums immer wieder ein Name hervorhallte: Trinity), fragte er am nächsten Tag beim Frühstück Conor nach seiner Meinung.

»Tell her you have a girlfriend in Germany«, schlug Conor pragmatisch vor. »That way you don't hurt her feelings *and* you get her off your back. Believe me, you don't want to get on the wrong side of Chelsea. She's a serious headcase.«

Headcase, so viel hatte Valentin schon mitbekommen, hieß *Irre*. Das schien auf Chelsea gut zuzutreffen.

In der Schule wartete Valentin auf den passenden Moment, um mit Chelsea zu reden, und er kam in der ersten Pause. Chelsea saß vor dem Theatereingang auf einer Mauer und ließ sich die Sonne ins Gesicht scheinen. Valentin holte tief Luft und ging auf sie zu. »Hey, Chelsea!«, sagte er bemüht ruhig. In Wahrheit schlug sein Herz wie ein Presslufthammer.

Sie machte die Augen auf. »Hey, Valentin!«

»I got your videos«, setzte er an. Er hatte sich viele Gedanken zum bevorstehenden Gespräch gemacht, aber nun, wo es losging, fiel ihm nichts mehr ein.

Chelsea runzelte die Stirn und neigte den Kopf zur Seite. »Which videos?«

Jetzt wollte sie es sogar noch leugnen!

»Er ... the ones you sent me. The videos when you said you...«

Chelsea unterbrach ihn. »Oh. Yeah. Those videos.« Sie senkte verlegen den Blick.

»Look, I'm really sorry, but there's something I have to tell you«, fuhr Valentin fort.

Stimmt. So hatte er vorgehen wollen. Er wollte ihr ein treffsicheres Argument liefern und das Thema damit ein für alle Mal vom Tisch räumen.

Chelsea schaute erschrocken auf. In ihren Augen spiegelte sich eine Mischung aus Hoffnung und Angst wider. »Yes?«

»I have a girlfriend in Germany«, sagte Valentin und musste wegschauen, damit ihm Chelsea die Lüge nicht ansah.

Chelsea entglitt ihr Lächeln. »You do?« Sie blickte verunsichert zu Boden. »Oh ... Someone told me you were ...«

»It's nothing personal.«

»No, that's okay. I just thought you ...« *Liked me*, wollte sie wohl sagen, aber ihre Stimme brach ab.

Valentin reichte ihr die Hand. »Can we be friends?«

Chelsea schaute auf seine ausgestreckte Hand, als wäre sie ein Fremdkörper. »Yeah. Sure. Friends«, wiederholte sie und nahm die Geste an.

Mehr Diplomatie war für Valentin nicht drin. Danach fühlte er sich so erschöpft, als wäre er einen Marathon gelaufen.

Und wenn Chelsea später auf dem Weg zum Auto nicht zufällig Trinity begegnet wäre, dann hätte es vielleicht tatsächlich das Ende der Geschichte sein können. Chelsea hätte ihr

Schicksal stoisch angenommen, sich in die Einsamkeit zurückgezogen, leidend und missverstanden. Valentin wäre ihr in der Schule weiterhin mit bemühter Freundlichkeit begegnet, sodass sie sich nicht im Geringsten persönlich angegriffen hätte fühlen müssen. Es wäre nur eine flüchtige Episode gewesen, eine unerwiderte Liebe, wie sie in so vielen Geschichten vorkommt.

Aber Mädchen wie Chelsea sind bekanntlich am gefährlichsten, wenn sie verletzt sind, und sosehr Chelsea sich auch bemühte, sie wurde das Gefühl nicht los, dass Valentin sie doch verletzt hatte. Den Grund für seine Ablehnung erfahren zu haben, genügte ihr nicht. Sie brauchte mehr. Sie wollte der Welt erzählen, was hinter Valentins Zurückweisung steckte, vor allem Trinity, der *Slut* aus der Parallelklasse. Und weil Trinity auch nicht perfekt war, sondern genauso verletzbar wie jeder andere Mensch, war sie nicht in der Lage, Chelsea ihre Genugtuung zu gönnen und einfach den Schnabel zu halten.

Es war eine hässliche Szene, die daraus entstand, vollkommen unnötig, und sie zog Ereignisse nach sich, die über kurz oder lang vermutlich ohnehin eingetreten wären. Wenn Trinity doch bloß weitergegangen wäre …

PARKPLATZ / SCHULE — AUSSEN / TAG

Trinity läuft über den Parkplatz und tippt etwas in ihr Handy. Chelsea nähert sich ihr von hinten.

CHELSEA

Hey, Trinity!

Trinity dreht sich um. Sie scheint nicht sonderlich erfreut zu sein, Chelsea zu sehen.

TRINITY

Chelsea ...

CHELSEA

Yeah, so ... The reason why Valentin hadn't called me back was because he actually has a girlfriend back in Germany.

TRINITY

Oh really?

CHELSEA

And I just thought that you should know that.

Trinity runzelt die Stirn: Was will ihr Chelsea eigentlich damit sagen?

CHELSEA

You know ... Just 'cos there's no other reason really.

Jetzt dämmert es Trinity. Ihr Gesicht versteinert sich. Sie macht einen Schritt auf Chelsea zu, fast kämpferisch, und spricht langsam und deutlich:

TRINITY

Well, just so *you* know, Chelsea: Valentin doesn't have a girlfriend back home.

CHELSEA

What do you mean? Valentin told me he does.

Trinity begreift, dass sie einen Fehler begangen hat, und macht schnell einen Rückzieher.

TRINITY

Oh, then I'm probably mistaken.

Trinity weicht zurück.

TRINITY

Forget I said anything.

CHELSEA

No, wait. Where did you hear that from?

TRINITY

Conor mentioned something, but I'm probably way off.

CHELSEA

What?

TRINITY

I might have misunderstood. Or he was joking with me. I'm probably ...

Chelsea schnauft verärgert und läuft einfach weg.

False Step

Wenn Valentin etwas von der Begegnung auf dem Parkplatz mitbekommen hätte, dann hätte er vielleicht für Aufklärung gesorgt, aber manchmal ist Unwissenheit ein Segen. Valentin erfuhr nie davon und war bis auf Weiteres guter Hoffnung, dass er mit Chelsea im Reinen war.

Er ahnte nicht, wie sehr er sich täuschte.

Making waves

Conor, Conor, Conor! Ein verrücktes Kerlchen war das. Ein liebevoller Spinner. Ein Spieler. Er hatte immer einen Trick auf Lager, als wäre das Leben ein einziges Schachbrett, auf dem nur er die Figuren verschieben konnte. Doch er war auch ein dankbarer Spinner, denn er empfand es als ein großes Glück, Valentin kennengelernt zu haben. Ohne Valentin hätte er niemals Lucia getroffen.

Conor hatte eine interessante Theorie über Torrey Pines. Er behauptete, dass es dort zwei Welten gab. Eine fand in der Öffentlichkeit statt, in den Vorgärten der Häuser, in den Läden und Restaurants, auf den Partys und Grillfesten, sichtbar für alle. Eine zweite verbarg sich hinter geschlossenen Vorhängen und heruntergelassenen Jalousien und verließ nie die tiefen, dunklen Rachen ihrer Akteure. Dies war die Welt, die die anderen nicht sehen sollten – oder nicht sehen durften. In dieser Welt waren Kinder verhaltensauffällig, Ehemänner untreu, Frauen verbittert und Bankkonten mit zweifelhaftem Geld gefüllt. Manchmal waren es aber auch die Ehemänner, die verhaltensauffällig waren, die Frauen, die untreu waren, und die Kinder, die sich nur für Geld interessierten. In Torrey Pines traute sich niemand, mit offenen Karten zu spielen, selbst wenn manche Bewohner Freunde waren – oder zumindest behaupteten, es zu sein.

Oft fuhren Conor und Valentin ziellos durch die Gegend, machten kleine Spritztouren, auf denen Conor seinem Gast die geheimen Geschichten der Bewohner erzählte. Der Besitzer des örtlichen Golfplatzes zum Beispiel war Alkoholiker und hatte sich vor einem Jahr in eine Klinik in der Nähe von Los Angeles einliefern lassen. Ein elfjähriger Junge aus Del Mar tauchte regelmäßig mit Beulen und Blutergüssen in der Schule auf. Einige waren tablettenabhängig, wieder andere waren wegen Steuerhinterziehung aufgeflogen. Jede Familie schien ein Geheimnis zu haben.

Auf einer solchen Rundfahrt – während Conor hinter dem Steuer seines Autos saß und das Fenster so weit aufgemacht hatte, dass er den nackten Ellenbogen nach draußen strecken konnte und Valentin die kühle Brise des Pazifiks durch die Haare wehte – kündigte Conor mit erstaunlicher Lässigkeit an: »I'm inviting Lucia to the party.«

»What party?«, fragte Valentin, in der Hoffnung, dass er seinen amerikanischen Freund falsch verstanden hatte.

Conor ignorierte die Frage. »I was thinking, it would be the perfect situation for her to meet my parents.«

If? Then? What? War er völlig von Sinnen?

»What party?«, bohrte Valentin noch einmal nach.

Conor rollte mit den Augen. »What do you think? My fiftieth?«

Es war natürlich, wie Valentin befürchtet hatte. Conor sprach nicht von irgendeiner Party. Er sprach von *The* Party: die seiner Eltern. Die Party des Jahres. Die große *Faraday Family Show*. Die Nummer-eins-Attraktion von Torrey Pines. Zu Hause wurde über nichts anderes mehr gesprochen.

»Why?«, lautete Valentins logische Frage.

Die Antwort schien ebenfalls logisch zu sein: »Because I want my parents to meet her.«

»But that's crazy! Your parents have invited, like, a hundred guests.«

»A hundred and fifty«, korrigierte Conor ihn mit einem selbstgefälligen Grinsen. »That's my point, see? With a hundred and fifty people around, my parents aren't exactly going to make a scene.«

»Maybe they won't make a scene anyway.«

Conor lachte abfällig. »Come on, dude. Don't be so naive.«

Ehrlich gesagt verstand Valentin nicht, was das Problem war. An Lucia gab es nichts auszusetzen. Sie war nett, höflich, intelligent, fleißig, hübsch. Rein technisch gesehen war sie nicht mal Mexikanerin. Ihrer eigenen Beschreibung nach war sie *Mexican-American, born in the USA*. Sie war genauso amerikanisch wie Conor selbst. Nur weil Lucias Eltern kaum Englisch sprachen und nicht gerade reich waren, gab es keinen Grund, sie auszugrenzen.

»You don't get it, do you?«, fragte Conor. »This isn't about where Lucia comes from, it's about what she is.« Er rieb seinen Daumen und seinen Zeigefinger gegeneinander. »It's about money.«

Angenommen, Conor hatte recht, so war es trotzdem nicht die beste Idee, seinen Eltern Lucia ausgerechnet an dem Tag vorzustellen, an dem der wichtigste Termin des Jahres stattfand. Es war typisch für Conor, immer den denkbar ungünstigsten Zeitpunkt auszusuchen, um irgendeine Bombe zu zünden. Er kannte einfach keine Grenzen.

»I don't want to play their game anymore«, sagte er. »They need to know about Lucia. It feels wrong keeping her a secret.«

»But why do it at the party?«, argumentierte Valentin. »I mean, think about it ... It's a totally scary situation, meeting someone's parents for the first time, especially if they're *your* parents. And then with all those people around. Why not introduce her another time? Like after the party?«

Conor schüttelte den Kopf und schaute gedankenverloren aus der Windschutzscheibe. »She's gonna blow them away«, murmelte er, als könnte er Lucia vor sich sehen.

Erst da begriff Valentin, warum Conor die Feier als Anlass gewählt hatte, um seinen Eltern Lucia vorzustellen: Das Fest war eine Art Bühne, und Conor liebte die Show. Er wollte nichts dem Zufall überlassen. Niemand würde es wagen, etwas gegen ein mexikanisches Mädchen zu sagen, wenn es auf der Feier auftrat. Conor wollte seine Eltern in eine Situation bringen, in der sie keine Gelegenheit dazu bekamen, Lucia nicht gut zu finden. Es war ein gewagtes Unterfangen, aber Valentin konnte es nachvollziehen.

Eine Weile schwiegen die Freunde, beide waren mit ihren eigenen Gedanken beschäftigt, bis Conor schließlich sagte: »You should invite Trinity to the party.«

Valentin prustete. »You're joking, right?«

»No. Why not? You and her ... You two would look good together.« Conor hielt inne und lachte, als wäre ihm soeben etwas besonders Geistreiches in den Sinn gekommen. »Plus it would really piss my parents off!«

»You're crazy.«

»You should ask her out. You two are made for each other.«

»I'm not looking for a girlfriend. You know that.«

»Aw, come on, man! She's really nice.«

Valentin bemühte sich, seiner Stimme eine gewisse Härte

zu verleihen, als würde er mit einem unfolgsamen Hund sprechen: »I already told you, Conor. I'm not interested. The last thing I need right now is a girlfriend. Is that so difficult to understand?«

Conor pfiff durch die Zähne. »Okay, okay! I just thought you and Anne were, like, history. You should move on …«

»Forget it!«

Der strenge Blick von Valentin ließ keine Widerworte zu.

»I get it«, sagte Conor versöhnlich. »This is not the right time for you. I won't say another word. I promise.«

Und um sein Versprechen zu unterstreichen, bog Conor in eine begrünte Sackgasse ein und zeigte auf eine Einfahrt auf der linken Seite des Wendehammers. Hinter dem Tor standen Palmen vor einer riesigen Villa.

»That's Trinity's house«, sagte er und grinste. »The one with the gate over there.«

»Conor!«

»I just thought you should know where she lives.« Er drehte schnell das Lenkrad, um wieder aus der Sackgasse zu fahren. »You know, just in case you get lost.«

Witz beiseite, Valentin glaubte, die wahre Motivation hinter Conors Vorschlag zu kennen. Er wollte ihn mit Trinity verkuppeln, um sich seine Eltern vom Hals zu schaffen. Lucia hatte Conor inzwischen zu sich nach Hause eingeladen, weil er ihre Eltern kennenlernen sollte. Ein Termin stand schon fest, der Druck stieg, die Sache wurde langsam offiziell. Wenn Trinity schon vergeben wäre, dann wäre es für Conor leichter, seinen Eltern eine Alternativfreundin vorzustellen.

Trinity's House

Es war zwar eine logische Schlussfolgerung, aber damit tat er Conor unrecht. Conor mochte einige lästige Eigenschaften haben und dazu neigen, Leuten auf den Geist zu gehen, doch er hatte seinen Vorschlag nicht nur aus Eigennutz gemacht. Er war fest davon überzeugt, dass Trinity und Valentin gut zueinander passen würden. Er hatte den Blick in Trinitys Augen bemerkt, als sie Valentin zum ersten Mal gesehen hatte, hatte Valentins Schüchternheit wahrgenommen, als er später mit ihr sprach. Er kannte Trinity gut, besser, als sie ahnte, und er wusste, sie würde niemals den ersten Schritt machen. Wahrscheinlich würde sie nicht mal zugeben, wie sehr sie Valentin mochte – und dass sie ihn mochte, glaubte Conor zu wissen. Valentin hatte viel mehr zu bieten als nur ein ansprechendes Erscheinungsbild. Hinter seiner Fassade steckten ein gutes Herz, ein warmherziger Freund und eine humorvolle Weltsicht. Conor fand, dass er der richtige Typ für Trinity war.

Doch Trinity war in letzter Zeit vorsichtig geworden. Genau wie Valentin hatte sie eine Beziehung hinter sich, die sie sehr verletzt und enttäuscht hatte. Auf Valentin war erst recht kein Verlass, er sträubte sich gegen die Liebe.

Aber Conor war der Meinung, dass man Freunde manchmal zu ihrem Glück zwingen muss. Valentin und Trinity brauchten nur einen kleinen Schubs in die richtige Richtung, eine führende Hand, Hilfe. Und ja, Conor gab es zu, es hätte für ihn tatsächlich auch den Vorteil, dass seine Eltern ihn in Ruhe lassen würden.

Darum hatte Conor am Tag zuvor etwas getan, was er seit Jahren nicht mehr gemacht hatte: Ohne Valentins Wissen hatte er Trinity einen Besuch abgestattet. Wenn man etwas ändern will, muss man direkt zur Tat schreiten ...

DER GARTEN BEI TRINITY ZU HAUSE

AUSSEN / TAG

Trinity hat es sich auf einer Liege bequem gemacht und liest eine Zeitschrift. Sie trägt eine Sonnenbrille, eine weiße Bluse und Shorts. Conor nähert sich ihr von hinten.

CONOR

Hey, Trinity!

Trinity schaut überrascht auf.

TRINITY

Conor? Did my parents let you in?

CONOR

Yeah. Your mom's really nice.

Er setzt sich zu Trinitys Füßen auf die Liege.

TRINITY

What are you doing here?

CONOR

Oh ... I'm here 'cos ...

Er sucht nach Worten. Trinity unterbricht ihn:

TRINITY

I have my monologue memorized if that's what you're wondering.

CONOR

Oh, monologue! Drama class! No, no. That's fine. You're doing great in that. No, it's fine. Don't worry about that ... I'm actually here wondering what you thought about Valentin.

Die Frage überrascht Trinity. Sie wird vorsichtig.

TRINITY

He's nice.

CONOR

Yeah. He's nice. And sweet. And fine. And good-looking. And a really good guy.

TRINITY

Do you want to date him?

Zuerst versteht Conor Trinitys Witz nicht, dann dämmert es ihm, und er winkt lachend ab.

CONOR

No, no! Not me! *You!*

TRINITY

You're trying to set me up with Valentin?

CONOR

No, it's not my choice, it's yours. *You* get to decide.

Conor wird immer aufgeregter.

CONOR

But I think that you and him together is, like, really good. A good choice.

TRINITY

Conor, Valentin isn't interested in me.

CONOR

You don't know that.

TRINITY

So he does like me?

CONOR

I don't know that. *(Er wedelt mit den Händen)* But we both don't know that.

TRINITY

Look, Conor, I'm not going to make the first move. I'm not going to be humiliated again.

CONOR

No wait! I think you should think on it ... You should take your time ... Think on it, because he really is a nice, sweet guy.

Conor steht auf.

CONOR

So I'm gonna go ... You should think on it, alright?

TRINITY

Goodbye, Conor.

Conor geht.

CONOR

Bye.

Trinity bleibt liegen und seufzt genervt.

Conor war zufrieden. Er hatte die Saat in die Köpfe der beiden Liebespatienten gepflanzt, jetzt konnte er sich zurücklehnen und schauen, was daraus wurde.

Trinitys Vorsicht in Sachen Liebe hatte übrigens nichts mit Valentin zu tun. Die Kränkung, die sie Conor gegenüber erwähnt hatte, war ihr von Teddy zugefügt worden. Teddy hieß eigentlich Edward, und Edward war der *Football*-Held der *High School*, ein wahrhaftiges Muskelpaket, mit einem Nacken, der dem eines Stiers glich. Die Mädchen liebten ihn, weil er ein sanftmütiger Mensch zu sein schien und optisch vielversprechend war. In Wahrheit hatte Teddy eine ganz große Klappe, er wusste jedoch genau, wie man als Junge bei den Mädchen gut ankam.

Zuerst war Trinity gar nicht an ihm interessiert gewesen – aber er an ihr. Und so hatte er nicht lockergelassen, bis er

Behind the Scenes

sie für sich erobern konnte. Sie wurden ein Paar. Doch Trinity war nicht wie die anderen Mädchen. Es dauerte nicht lange, bis sie ihm auf die Schliche kam und mit Entsetzen feststellte, was er in Wirklichkeit für ein Mensch war: Er hatte nicht nur eine große Klappe, sondern auch einen ganz fiesen Charakter.

Schließlich musste Trinity zugeben, dass sie sich in Teddy getäuscht hatte, und das tat am meisten weh. Sie verließ ihn ohne große Worte und zog sich zurück, um ihre Gedanken und Gefühle neu zu ordnen. Worauf konnte sie sich noch verlassen, wenn sie nicht einmal mehr ihren eigenen Gefühlen trauen durfte? Würde sie beim nächsten Jungen auch völlig danebenliegen?

Conor hatte Trinitys Liebesgeschichte damals aufmerksam verfolgt. Er hatte von Anfang an gesagt, dass es niemals gut gehen würde. Nun war Trinity ein gebranntes Kind. Conor hoffte, dass sie bald darüber hinwegkommen und sich trauen würde, sich auf Neues einzulassen. Denn auch wenn er in der Öffentlichkeit immer so tat, als könne er Trinity nicht leiden, so war doch eigentlich das Gegenteil der Fall. Und wenn sie ihre Fesseln nicht selber abstreifen konnte, war er bereit, ihrem Glück ein wenig nachzuhelfen.

Wenn Valentin von Conors heimlicher Aktion erfahren hätte, hätte er sich sicherlich darüber geärgert, aber er bekam davon nichts mit. Auf ihn machte es den Eindruck, als habe Conor endlich akzeptiert, dass er nichts mit Trinity oder irgendwelchen anderen Mädchen zu tun haben wollte, und so blieb es eine Weile ruhig zwischen den zwei Freunden – zumindest, bis Conor einen nächsten Versuch startete.

*

An einem Freitagnachmittag nach der Schule eröffnete Conor seinem deutschen Gast ganz nebenbei, während sie ins Auto stiegen: »Lucia and I are going out for dinner tonight. Do you want to join us?«

Valentin war müde, es gefiel ihm nicht, immer das fünfte Rad am Wagen zu sein. Er lehnte dankend ab.

»I think it would be a good idea if you joined us«, fuhr Conor beharrlich fort. »We're eating lobster.«

Valentin hatte keine Ahnung, wovon er sprach. »Eating what?!?«

»You know, the orange crab with big, old claws«, sagte Conor. »My parents like to make a point of not serving turkey at their Thanksgiving party. They serve lobster instead. It's slightly more expensive, but they don't care. You know how to eat lobster?«

Valentin musste passen. Er hatte noch nie einen Hummer gesehen, geschweige denn gegessen, und das, obwohl er so nah am Meer wohnte.

»Nor does Lucia«, fuhr Conor fort. »That's why I'm taking her out. I'm telling you, dude, you should come. If you've never eaten lobster before, you don't want to do it in front of a hundred and fifty people for the first time. It's a messy business. Come on! It'll be fun!«

Valentin nahm die Einladung ohne Weiteres an, aber er hätte seine Zusage sofort zurückgezogen, wenn er gewusst hätte, was Conor an dem Abend wirklich vorhatte. Der alte Fuchs war noch nicht an seinem Ziel.

Something Fishy

Das Fischrestaurant, in das Conor Lucia und Valentin einlud, hieß *Top of the Market*, und es sah tatsächlich wie der versprochene »Marktführer« aus. Der frühere Fischhandel der Stadt, der jetzt ein Edelrestaurant war, lag passenderweise im Hafen, in *Downtown* San Diego, mit Blick auf eine weite Bucht, in der Motorboote und Jachten aller Größen und Farben in ordentlichen Reihen angelegt hatten. Auf der anderen Seite reckte sich ein riesiger Flugzeugträger aus dem Wasser, das graue Relikt einer Kriegsmaschinerie, das der Verschrottung nur knapp entkommen war und jetzt als Museumsschiff fungierte. Menschen bummelten am Ufer entlang und bestaunten seine kolossalen Stahlwände. Vom *Broadway Pier* aus konnte man über die Bucht bis nach Coronado schauen, einer kleinen, dicht besiedelten Insel, die gegenüber den Wolkenkratzern von *Downtown* lag. Eine hohe Brücke schlug einen eleganten Bogen über das blaugrüne Wasser. Das architektonische Wunderwerk verband die Insel mit dem Festland.

Im Restaurant war Conor ein gern gesehener Gast. Schon als sie die Treppen in die erste Etage hinaufstiegen, wurde er von links und rechts begrüßt, als hätte er seine halbe Kindheit hier verbracht. Der Tisch, der für Conor und seine Freunde reserviert war, stand direkt am Fenster und gewährte einen herrlichen Ausblick über das weite Meer und die Insel Coronado.

Prompt tauchte Terrence am Tisch auf, ein fülliger Mann in adrettem Anzug und mit schwarzer Krawatte, der Conor mit einem freudigen Handschlag begrüßte.

»Long time no see! How are your folks?«, fragte er.

»They're fine, thanks«, erwiderte Conor. »They told me to say hi!«

Terrence strahlte über das ganze Gesicht. »What can I get you guys?«

»Do you have lobster on the menu?«

»We *always* have lobster on the menu!«

»Then we'll take a dish for four«, sagte Conor, und bevor Valentin seine Verwunderung über die Anzahl äußern konnte, drehte sich Terrence um und sagte: »Coming right up!«

»Four?«, fragte Valentin, nachdem sich der *Restaurant Manager* Richtung Küche zurückgezogen hatte. »Why *four*?«

Conor strich sich über den Bauch. »I just love lobster!«, sagte er und leckte sich die Lippen.

Erst da wurde Valentin klar, dass Conor wieder etwas ausheckte. Aus purer Verlegenheit holte er sein Smartphone hervor und filmte den Blick aus dem Fenster. Ein Motorboot fuhr im Schritttempo vorbei. Auf der Landungsbrücke neben dem Restaurant belud ein Lastwagen ein kleines Transportschiff.

Hummer für vier Personen? Wer war dann der vierte Gast? Valentin ahnte es schon, aber er wollte es nicht wahrhaben. Bei der Vorstellung, dass Conor Trinity eingeladen haben könnte, wurde ihm übel. Doch noch war nichts passiert, und so wartete er einfach ab, ohne etwas zu sagen.

Er filmte weiter, immer weiter, bis ...

Down at the Harbor

TOP OF THE MARKET FISCHRESTAURANT

INNEN / TAG

Valentin filmt den Ausblick aus dem Fenster und schwenkt auf den Tisch, wo sich Conor und Lucia gegenübersitzen.

CONOR

It's beautiful, huh?

LUCIA

It's very beautiful. Have you ever been to a place like this?

VALENTIN (OFF)

No.

CONOR

We should come more often.

Conor nimmt Lucias Hand und schaut sie liebevoll an. Im Hintergrund betritt Trinity das Restaurant. Sie trägt ein kurzes burgunderrotes T-Shirt, das ihren Bauch nicht ganz bedeckt, und eine schwarze Hose. Sie kommt durch die Seitentür herein und bleibt sofort stehen, als hätte sie etwas anderes erwartet. Sie schaut Conor wütend an und bemüht sich, die Contenance zu wahren.

TRINITY

Hi, Conor.

CONOR

(*nickt*) Trinity.

TRINITY

Conor, what's going on?

Genau die gleiche Frage wollte Valentin auch gerade stellen. Conor grinst schelmisch.

CONOR

We just thought you might join us ... Have some food ... (*Er zeigt auf Lucia*) This is Lucia, my girlfriend.

LUCIA

Hi.

Trinity nickt verlegen. Conor zeigt auf Valentin.

CONOR

You know Valentin, of course.

Trinity nickt Valentin kurz zu und senkt dann schüchtern den Blick. Sie schaut Conor genervt an, verliert aber nach wie vor nicht die Fassung.

TRINITY

Conor ...

Sie dreht sich um und will gerade gehen, als Lucia sie anspricht:

LUCIA

You should join us.

Trinity hält inne.

LUCIA

It'd be fun.

Trinity zögert. Conor winkt ihr spielerisch zu.

CONOR

Come on!

Trinity zögert noch, doch dann:

TRINITY

Okay.

Sie nimmt gegenüber von Valentin Platz und vermeidet jeglichen Augenkontakt mit ihm. Valentin schaltet die Aufnahme aus.

Valentin war das abgekartete Spiel äußerst peinlich. Er wäre am liebsten aufgestanden und hätte auf der Stelle das Restaurant verlassen, aber er war nicht der Typ für große Szenen. Eigentlich hätte er Conor zwar gerne seine Meinung gesagt, doch er verschob den Streit lieber auf später. Conor war wirklich hartnäckiger als ein ausgehungerter Kampfhund! Er spielte mit seinen Freunden, als wären sie Marionetten in sei-

Unexpected Guest

nem eigenen Puppentheater. Unter welchem Vorwand Conor Trinity hierhergelockt hatte, wusste Valentin nicht, aber dem Blick in ihren Augen nach zu urteilen, hatte sie eindeutig eine andere Konstellation am Tisch erwartet.

Allerdings hatte Valentin durchaus zwei widersprüchliche Stimmen in sich vernommen, als Trinity vor ihrem Tisch gestanden und noch überlegt hatte, ob sie das Restaurant verlassen sollte oder nicht. Auf der einen Seite wollte er, dass sie ging, andererseits wollte er, dass sie blieb. Egal, wie es ausging, es war eine *Lose-Lose*-Situation.

Bevor sich Valentin weiter über Conors Verhalten ärgern konnte, tauchte Terrence wieder auf und brachte einen zweiten Kellner mit, der den vier jungen Leuten ihr Abendessen servierte: einen einsam aussehenden Hummer, der auf einem weißen Servierteller lag. Der Hummer war tot, doch seine Krallen sahen noch gefährlich aus. Sein orangefarbener Panzer glänzte buttrig.

Ehe er ging, hielt der schlaksige Kellner es für notwendig, die Servietten von den Tellern seiner Gäste zu pflücken und sie ihnen nach kurzem Ausschütteln auf den Schoß zu legen. Valentin fragte sich, ob er diesen Vorgang bei jedem Gast durchführte oder ob er es sich nur bei ihnen erlaubte. Vielleicht traute er den Teenagern nicht zu, dass sie sich am Tisch anständig benahmen. In maschinengewehrartiger Sprechweise erklärte er dem *Double Date* den Umgang mit den Utensilien, die er für die Demontage des Meerestieres mitgebracht hatte. Valentin fand, dass sie aussahen wie die Werkzeuge eines mittelalterlichen Zahnarztes. Leider verstand er nichts von dem, was der Kellner dazu erläuterte, weil dieser sich offenbar vorgenommen hatte, so schnell zu sprechen wie nur menschenmöglich.

Nachdem der Kellner endlich gegangen war, übernahm Trinity es, Lucia und Valentin in die Kunst der Zerlegung eines Hummers einzuführen. Valentin schaute erschrocken zu, wie die zarte Millionärstochter mit den filigranen Fingern und den feinen Gesichtszügen zu einem Gerät griff, das einem Nussknacker glich, und wie sie damit die Gliedmaßen des toten Hummers abtrennte.

Brutal.

Hast du je Hummer gegessen? Wenn ja, dann weißt du, dass es eine Riesensauerei ist. Das Tier ist vom Kochwasser noch heiß. Es starrt dich mit seinen murmelartigen, schwarzen Augen lieblos an, während du mit dem glatten Außenskelett seines Körpers kämpfst. Sobald du ein Bein oder eine Kralle abgetrennt hast, musst du mit einer winzig kleinen Gabel das Fleisch herausfischen oder es direkt mit dem Mund heraussaugen. Binnen weniger Minuten sind deine Hände total dreckig, deine Wangen verschmiert. Du stinkst nach Fisch. Durch die Töne, die bei der Zerlegung des einstigen Lebewesens entstehen, stellen sich deine Nackenhaare auf. Es knackt und es knirscht, während du schnaufst und schwitzt. Es hat etwas Barbarisches an sich.

Aber alles hat auch eine gute Seite, und manchmal ist eine gemeinsame Tätigkeit die beste Art und Weise, um Menschen zusammenzubringen. Als hätte Conor es genau so geplant, entwickelte sich aus dem Kampf mit der Meeresbestie eine ausgelassene, heitere Stimmung am Tisch, die alle vier Beteiligten überraschte. Krallen flogen durch die Luft, Ekelschreie folgten auf knirschende Töne, es wurde viel gelacht. Valentins Groll gegenüber Conor ließ nach. Auch Trinity taute auf und machte sogar Witze über Conor, dem sie seine Aktion scheinbar schon verziehen hatte.

Wie Valentin später erfuhr, hatte Conor Trinity unter dem Vorwand eingeladen, er wolle mit ihr über *Romeo and Juliet* sprechen. Natürlich sprachen die vier letztendlich keine Minute über die bevorstehende Aufführung. Schließlich war allen am Tisch klar – vermutlich auch Trinity –, warum Conor sie wirklich eingeladen hatte.

Als der erste Hummer ausgehöhlt und leer gesaugt war, bestellte Conor einen zweiten. Er wurde kurz darauf zum Tisch gebracht, diesmal ohne weitere Erklärung, aber dafür mit frischen Servietten. Auch ihn demontierten die vier Freunde gemeinsam. Lucia und Trinity hatten bald genug von der Delikatesse, doch Valentin entwickelte gerade erst richtig Appetit. Zusammen mit Conor vernaschte er zum Nachtisch noch einen dritten Hummer.

Nach dem Essen war das Eis endgültig gebrochen. Erschöpft ließen die Freunde den Abend ausklingen, und es kam eine ruhige Unterhaltung in Gang. Valentin ließ sich die unterschiedlichen Namen der Jahrgangsstufen der *High School* erklären, ein Loch in seiner Allgemeinbildung, das ihm peinlich war. Er hatte die Begriffe schon oft genug gehört, vor allem, seit er in den USA war, aber sein Gehirn wollte sie partout nicht verinnerlichen.

Freshman, Sophomore, Junior und *Senior* – so lautete die richtige Reihenfolge.

Am Ende bestand Conor darauf, zu bezahlen. Da ein Hummer je nach Gewicht um die siebzig Dollar kostete (umgerechnet sechzig Euro pro Stück), hatte Valentin kein Problem damit, sich seinem Wunsch zu fügen.

Zu viert gingen sie nach draußen, um die frische Meeres-

Lobster Battle

luft zu genießen. Der Wind war abgeflaut, der Tag der Dunkelheit gewichen. Der Abend war von Stimmengewirr erfüllt. Menschen läuteten das Wochenende ein, indem sie den Sonnenuntergang über dem Meer betrachteten. Straßenmusiker spielten zwischen den Bäumen, Gelächter erklang durch die Blätter. Die gigantische Statue eines küssenden Paares zog Liebende wie ein Magnet ans Wasser: ein Matrose, der seine Geliebte in den Armen hielt, um sie für alle Ewigkeit zu küssen.

Conor schlang seinen Arm um Lucias Schulter, und sie spazierten eine Weile am Ufer entlang. Möwen flogen in Scharen durch die Luft, sie zeichneten sich als schwarze Silhouetten vor dem hellen Abendhimmel ab. Als Valentin den Kopf wandte, um ihnen mit den Augen zu folgen, sah er, dass Trinity neben ihm ging.

Trinity und er. So weit war es schon gekommen.

Valentin sagte nichts, weil er nicht wusste, worüber er sprechen sollte, aber Trinity ging es scheinbar genauso, und irgendwann störte Valentin das Schweigen nicht mehr. Das Wasser plätscherte friedlich gegen die Hafenmauer, Menschen lachten. Die beiden sahen Conor und Lucia vor sich und folgten dem Liebespaar mit einem Abstand, den sie nicht zu verringern suchten.

Valentin hätte stundenlang so weitergehen können. Zum ersten Mal, seit er in den USA war, fühlte er sich richtig wohl, als bräuchte er nichts mehr auf der Welt, als schweigend neben Trinity am Wasser entlangzuschlendern.

Nach einer Weile kamen sie wieder zu dem runden Platz mit der Statue des küssenden Paares und setzten sich auf eine Parkbank. Conor und Lucia, die mittlerweile hinter ihnen zurückgefallen waren, liefen in enger Umarmung vorbei und beachteten sie nicht weiter, als wären Valentin und Trinity inzwischen unsichtbar geworden.

Trinity betrachtete das ungleiche Paar, drehte sich dann zu Valentin um und sagte: »They're sweet together, aren't they?«

Bei ihren Worten dachte Valentin allerdings nicht an Conor und Lucia, sondern an sich selbst und das Mädchen neben ihm.

Ob Trinity vielleicht das Gleiche dachte?

*

»You are *such* an asshole!«

Eigentlich schimpfte Valentin nie. Derbe Ausdrücke lagen ihm nicht. Das A-Wort ist wahrlich kein schönes Wort, obwohl es auf Englisch schon deutlich besser klingt als im Deutschen. Aber in diesem Fall war es absolut gerechtfertigt. Valentin war stinksauer. Er fühlte sich von Conor verraten. Der Abend hatte ihm zwar gut gefallen, doch darum ging es nicht. Conor hatte ihm gegen seinen Willen zu einem Treffen mit Trinity verholfen. Und jetzt, wo Trinity weg war, stieg die Wut in Valentin hoch, und er musste seinem Ärger Luft machen.

Conor saß hinter dem Lenkrad seines Autos und war nicht in der Lage, zu entkommen, während Valentin auf ihn einredete. »You lied to Trinity and you lied to me! You tricked us into coming!«, schimpfte er mit Blick auf die roten Rücklichter von Trinitys Auto, das vor ihnen herfuhr.

Conor leugnete nichts. »I was just trying to do you a favor. It looked like you had a nice time.«

A Beautiful Evening

»You set me up!«

»I was just trying to help.«

»Well I don't need your help!«, rief Valentin. »I'm flying back to Germany in five weeks time. What do you expect me to do?«

»Kiss her?«, schlug Conor vor.

»Great idea! And then what? Write her mails from Germany? Skype with her? I don't know if you know this, but kissing someone on Skype is not very nice.«

»Then kiss her as much as you can while you're still here«, sagte Conor. »Five weeks are better than none.«

Valentin schüttelte gequält den Kopf. »And then what? What happens next? What if I really like her? What if she likes me? What if it's good? I can't go through that again.«

»Who cares about what happens afterwards? You only live once, dude. Either you like her or you don't. And don't tell me you don't. I'm not blind.«

Valentin hob abwehrend die Hände und schnaufte verärgert. Es nützte nichts. Es war unmöglich, mit Conor zu reden. Er zeigte nicht das geringste Verständnis.

»You're just scared«, sagte er, frei von jeglichem Mitleid.

Das stimmte schon, aber was sollte Valentin tun? Sich wieder in das Liebeskummer-Elend stürzen, dem er doch gerade erst entkommen war? Sich in den Sumpf des Unglücks begeben? Es blieben ihm nur noch siebenunddreißig Tage bis zu seinem Abflug. Siebenunddreißig! Fast zwei Drittel seiner Zeit in den USA war bereits um. Er hatte nicht die Kraft, sich auf eine transatlantische Beziehung einzulassen, und die Vorstellung, unglücklich verliebt nach Hause zurückzukehren, verdrehte ihm den Magen.

Es gab keine andere Lösung, außer durchzuhalten. Nur noch fünf Wochen, dann würde er nie wieder an Trinity denken müssen. Dann wäre sie einfach aus seinem Leben verschwunden.

*

Valentin war erleichtert, als sie wieder zu Hause waren und er in sein Zimmer ging, das ihm wie ein Refugium vorkam. Hier konnte ihm nichts passieren.

Oder etwa doch?

Es war halb elf, als sein Handy summte. Er blickte auf das Display: *Chelsea@TPHS sent you a video*.

Valentin fiel das Herz in die Hose. O nein! Nicht schon wieder!

Diesmal machte Valentin den Link nicht sofort auf. Er atmete tief durch und ließ sich die *Pros and Cons* durch den Kopf gehen. Er fragte sich, ob er es wirklich bringen konnte, das Video nicht anzugucken. Chelsea war schon ziemlich durchgedreht, so viel war klar, aber sie war ja kein böser Mensch. Wie sollte er ihr erklären, dass er das Video direkt gelöscht hatte, ohne es anzuschauen? Damit würde er die Situation wahrscheinlich nur noch schlimmer machen.

Schließlich gab Valentin der Macht der Vernunft nach und klickte auf das Bild. Und das war gut so. Wenn er es nicht getan hätte, dann hätte er es sein Leben lang bereut ...

BEI CHELSEA ZU HAUSE — INNEN / TAG

Chelseas Augen sind rot vom Weinen.

CHELSEA

You lied to me ... You told me you had a girlfriend back in Germany, but I know you don't.

Chelseas Stimme zittert.

CHELSEA

I told you how I felt. I told you that I loved you! Because I *did* love you. And this is how you treat me?

Sie kämpft darum, die Fassung zu bewahren.

CHELSEA

How could you?

Sie hält inne, den Tränen nah, und sucht nach Worten.

CHELSEA

I just needed someone to love me. Someone to care about me.

Sie schüttelt den Kopf.

CHELSEA

And you couldn't do that for me. Nobody can do that for me.

Völlig verzweifelt versucht sie, ihre Tränen zu unterdrücken.

CHELSEA

I can't do this. I can't live like this anymore. I'm tired and I'm alone, and I have no one. I need to leave. I need to get out of here. I can't do this anymore.

Sie drückt die Aufnahme aus.

Valentin sackte in sich zusammen und schaute auf das dunkle Display. Woher wusste sie, dass er gelogen hatte? Was hatte sie vor? Etwas in ihrer Stimme sagte ihm, dass die Lage ernst war. Was meinte sie mit *I can't do this anymore*? Was konnte sie nicht mehr? Weiterleben?

Ein eiskalter Schauer lief ihm den Rücken herunter.

Nein! Nein! Nein!

Ohne länger nachzudenken, sprang Valentin auf und lief über den Flur zu Conors Zimmer. Er schlug mit der Hand gegen die Tür, wartete aber nicht auf ein »Come in«, sondern stürmte sofort ins Zimmer hinein.

Conor lag auf dem Bett und spielte mit seinem Phone.

»Conor! We have to call the police!«, rief Valentin und hörte die Panik in seiner eigenen Stimme. »It's Chelsea. I think she's going to try and kill herself!«

Hung Up

Downbeat

Ja, es war gut, dass Valentin Chelseas Video angeschaut hatte. Es war auch gut, dass er Conor um Hilfe gebeten hatte, denn in seiner Verzweiflung wusste er die amerikanische Notrufnummer nicht mehr. War es die 110? Oder die 999?

Sie lautete natürlich 911, und das fiel Valentin später auch ein, nachdem er sich wieder beruhigt hatte.

Die Polizei nahm Valentins Anruf ernst und schickte einen Streifenwagen los, der zu Chelsea nach Hause fuhr. Chelseas Eltern waren irritiert über den Besuch und wunderten sich über die späte Uhrzeit. Ihre Tochter sei in der Badewanne, sagten sie und antworteten nur knapp auf die Fragen der Beamten. Die zwei Polizisten, denen die Eltern von Anfang an nicht geheuer waren, beschlossen, nachzusehen. Sie gingen die Treppe hinauf und klopften an die Badezimmertür.

Keine Antwort.

»Maybe she's listening to music«, sagte Chelseas Mutter. »She likes listening to music in the bath.«

Sie klopften erneut, lauter und noch lauter, bis die Wände wackelten und die Nachbarn aufhorchten. Mrs Lees maskenartige Miene verwandelte sich in einen Blick der Verzweiflung, und dann warteten die Beamten keine Sekunde länger. Der männliche Polizist nahm Anlauf und brach die Tür mit seiner breiten Schulter auf.

Chelsea lag in der Badewanne, vollständig angezogen, ihre Kopfhörer auf den Ohren, eine Rasierklinge in der Hand. Der Einmalrasierer, aus dem sie die Klinge entfernt hatte, lag neben der Wanne.

Ja, es war gut, dass Valentin die Polizei angerufen hatte, denn damit hatte er Chelsea womöglich das Leben gerettet.

Ein Krankenwagen war schnell vor Ort, eine Psychologin kam ebenfalls.

Gegen Mitternacht meldeten sich die Polizisten noch einmal bei Valentin: »It's good you called us. Thanks.«

Für Valentin folgte eine schlaflose Nacht. Er konnte nicht verstehen, warum Chelsea das getan hatte. Was zum Teufel hatte sie dazu gebracht, sich so etwas vorzunehmen? Hatte sie sich wirklich umbringen wollen? Hatte sie alles über Bord werfen wollen? Wusste sie nicht, dass es danach kein Zurück mehr gab? Oder war es nur ein Hilferuf gewesen, den Valentin zum Glück gehört hatte?

Valentin fragte sich, ob er sich anders hätte verhalten sollen, ob er Chelsea nichts von einer Freundin in Deutschland hätte erzählen dürfen, aber er hatte ihr ja nur erklären wollen, warum er nicht mit ihr zusammen sein konnte. Ihn traf keine Schuld, nur weil er gelogen hatte. Jedes andere Mädchen hätte verstanden, warum er es getan hatte. Er war nicht für Chelseas Handeln verantwortlich.

*

Schnell verbreiteten sich die Gerüchte um Chelseas Selbstmordversuch und sorgten bei vielen Familien in Torrey Pines für eine nachdenkliche Stimmung. Chelsea wurde in eine Klinik gebracht und nahm sich eine Auszeit von der Schule.

Valentin fühlte sich wie betäubt. Seine Reise nach Amerika hatte sich ganz anders entwickelt, als er es sich ursprünglich vorgestellt hatte. Er hatte nur seine Ruhe haben wollen, um Anne vergessen zu können und sein Leben wieder in den Griff zu bekommen, aber inzwischen war ihm schon so viel widerfahren. Zuerst die Sache mit Cathleen Kirby, anschließend der Umzug, dann Trinity und nun Chelsea. Er wusste nicht mehr, wo ihm der Kopf stand.

Geschockt von den jüngsten Ereignissen, nahm sich Valentin Zeit, um sich zu besinnen. Er versuchte, auch nicht mehr an Trinity zu denken. Es kam ihm ohnehin komisch vor, nach dem Vorfall mit Chelsea an sie zu denken – als müsste er seine Gefühle erst einmal wieder neu ordnen. Er ging Trinity aus dem Weg. Die Schule war so groß, es war eigentlich nicht schwer, jemanden aus den Augen zu verlieren. Nur in der *Drama Class* sahen sie sich zwangsläufig.

Der Theatersaal war ein Ort, an dem man sich mit der eigenen Gefühlswelt befassen oder aber davor fliehen konnte. Die skurrile Lehrerin Marinee war die gute Laune in Person und ein alter Hase, was das Leben anging.

»The show must go on«, sagte sie.

Obwohl Valentin wahrlich kein Schauspieler war und nie im Rampenlicht stehen wollte, besuchte er regelmäßig die *Drama Class*, weil er Marinee gerne zuhörte und ihren Unterricht interessant fand.

Ein paar Tage nach dem schrecklichen Vorfall mit Chelsea führte Marinee eine Schauspieltechnik ein, die Valentin aufhorchen ließ: *Method Acting.* Das hörte sich gut an. Valentin mochte Methoden.

»Method acting is all about creating the thoughts and feelings of your character inside yourself«, sagte die Theaterpädagogin, die das Rampenlicht nie scheute. Sie hielt inne und ließ ihre Worte auf die Zuhörer im Raum wirken.

Valentin sah um sich herum nur fragende Blicke.

Marinee sprang auf und winkte Conor und Trinity zu sich herüber. »Trinity, Conor, come over here! It's easier to do this than to talk about it.«

Romeo und Julia standen auf und betraten die Bühne, wo sie sich neben der Theaterlehrerin aufstellten. Conor grinste in die Runde.

»Now none of us actually knows what it's like to be a young man living in 14th century Italy«, sagte Marinee und legte die Hand auf Conors Schulter. »And none of us knows what it was like for a thirteen-year-old girl to live there, either.«

Sie nahm Trinitys Hand. Trinity errötete, vermutlich, weil sie die Erwähnung des Alters lustig fand. Sie spielte ein dreizehnjähriges Mädchen, obwohl sie selber doch schon siebzehn war. Ein paar Mädchen im Publikum schienen es genauso witzig zu finden, denn sie kicherten ebenfalls leise.

»But all of us know what it's like to be in love with somebody, am I right or am I right?«, fragte Marinee und ließ ihren ausgestreckten Zeigefinger über ihr Publikum wandern.

Für einen kurzen Augenblick dachte Valentin, dass ihr Finger an ihm hängen blieb.

Marinee stieß ihr heiseres Lachen aus und wandte sich wieder ihren Hauptdarstellern zu. »Some of you might even know what it's like to be in love with someone who you *can't* be in love with, someone who doesn't love you back, or is too old for you, or too young, or just too damn far away.«

Conor glitt das Grinsen aus dem Gesicht. Er starrte Marinee an, als hätte er gerade einen Geist gesehen. Nervös verlagerte er sein Gewicht unruhig von einem Fuß auf den anderen. Valentin musste kein Hellseher sein, um zu wissen, an wen er gerade dachte.

»I'm talking about an impossible love«, fuhr Marinee fort. »A love that you know just cannot work. I bet there isn't a person in this room who hasn't experienced a love like that before.«

Sie hielt inne und horchte in die Stille hinein.

Jetzt kicherte niemand mehr.

»That is exactly what a method actor does. It's about finding your own experiences and giving them back to your character.«

Marinee ballte kämpferisch die Faust und schlug sie gegen Conors Schulter. »Conor, I want you to think of the last time you felt that way about someone – someone who you *couldn't* love.« Wie eine Staatsanwältin im Gerichtssaal zeigte sie auf Trinity. »This is not Juliet. This is that girl you cannot have.«

Rastlos wanderte Marinee hinter ihren Darstellern auf und ab.

»And Trinity, this is not Romeo. This is that boy who you're burning up for, who's put a spell on you, who you're in love with but who can't love you back. Have you ever been in that situation before? Ever loved someone you can't love? Sure you have! So picture him. Remember him. Feel how you felt back then. Find the Juliet in you.«

Trinity hob den Kopf und sah zu Valentin hinauf, bevor sie ihren Blick schnell wieder von ihm abwandte.

In diesem Augenblick fiel alles von ihm ab. Für Valentin stand nur noch ein Mensch im Saal: Trinity. Er schaute sie an, als würde er sie zum ersten Mal sehen.

Sein Herz schlug so fest, dass er fürchtete, es würde ihm gleich aus der Brust springen.

»*That*, ladies and gentlemen, is what method acting is all about«, sagte Marinee und zog sich mit leisen Schritten in Richtung Tribüne zurück, als wollte sie den Zauber, der gerade über der *Drama Class* lag, nicht stören. »Remember that feeling, the feeling of impossible love. And feel it again when you play the scene.«

Sie setzte sich in die erste Reihe. Eine unheimliche Stille erfüllte den Raum. Niemand bewegte sich, niemand gab auch nur den leisesten Ton von sich. Tausend Gedanken schwirrten durch die Luft. Tausend Erinnerungen stiegen in den Köpfen der Schüler auf.

Schließlich nickte Marinee und sagte leise: »Play.«

*

Eine unmögliche Liebe. War es das, was Valentin mit Anne erlebt hatte? War die Beziehung deswegen von Anfang an zum Scheitern verurteilt gewesen? Wenn ein Mädchen dermaßen an ihrem Exfreund hängt, dass sie binnen weniger Wochen zu ihm zurückkehrte, dann hat der Neue wahrlich keine Chance. Und jetzt auch noch die Sache mit Trinity. Die Liebe zu ihr war genauso unmöglich.

Nach der *Drama Class* mit Marinee beschäftigte Valentin eine ganze neue Frage, und er bekam sie nicht mehr aus dem Kopf: Warum hatte Trinity ausgerechnet zu ihm geschaut, als Marinee über *impossible love* sprach? Konnte es sein, dass Trinity tatsächlich auch etwas für ihn empfand?

She loves me, she loves me not.

Die Frage zehrte ihn auf. Je mehr er darüber nachdachte,

desto weniger konnte er sie beantworten. Wartete Trinity die ganze Zeit nur darauf, dass er den ersten Schritt machte? War sie deswegen so zurückhaltend? Hatte sie womöglich die gleichen Zweifel wie er? Die gleiche Angst?

Seine Überlegungen wurden immer konfuser, bis sein Kopf nur noch ein dickflüssiger Sumpf der Ungewissheit war.

Er beschloss, Matze endlich von Trinity zu erzählen. Er brauchte Hilfe.

»Ich habe ein Mädchen kennengelernt«, sagte er, als er Matze um sechs Uhr morgens vor der Schule anskypte. Mit neun Stunden Zeitunterschied war es nicht immer einfach, eine passende Uhrzeit zu finden.

»Aber du hast doch gesagt, du wolltest dich nicht ...«

»Ich weiß«, unterbrach Valentin ihn.

»Wer ist sie?«

Valentin erzählte von dem zauberhaften Mädchen aus Torrey Pines und schickte ihm ein paar Aufnahmen aus der Bibliothek.

»Schnuckelig«, war Matzes Fazit. »Und nun?«

»Keine Ahnung.«

»Mag sie dich?«

»Weiß ich nicht.«

»Dann frag sie mal.«

»Das hast du schon bei Anne gesagt.«

»Stimmt. War nicht so schlau.«

»Eben.«

»Aber was soll's? Man lebt nur einmal.«

Valentin verdrehte die Augen. Conor und Matze hätten sich blendend verstanden. *Like a house on fire.* Auch Matze war keine große Hilfe, wenn es um Trinity ging. Egal, wen er um

Rat fragte, es kam immer auf das Gleiche hinaus: Wer nicht wagt, der nicht gewinnt.

Die Uhr tickte unaufhörlich. Selbst wenn er mit Trinity zusammen sein wollte (wollte er das denn wirklich?), und selbst wenn Trinity ihn mochte, machte es wirklich keinen Sinn. Er musste nur durchhalten. Einfach weiter durchhalten.

*

Während dieser Zeit fand bei Conor eine besorgniserregende Entwicklung statt. Je näher die große *Thanksgiving*-Feier seiner Eltern kam, desto angespannter wurde er. Die verrückte Idee, seinen Eltern Lucia auf dem großen Fest vorzustellen, entpuppte sich als eine schwere Last für ihn, die ihm Tag für Tag die Laune verdarb. Der Alltag zu Hause war von Streit geprägt. Bei der kleinsten Unstimmigkeit reagierte Conor gereizt und legte sich mit seinen Eltern an. Ihre Wortgefechte zischten durch das Haus wie Kugeln auf einem Schlachtfeld. Ein normales Gespräch zwischen Conor und seinem Vater war nahezu unmöglich. Binnen weniger Sekunden bekamen sie sich in die Haare, dann wurde laut gebrüllt und auf den Tisch gehämmert und aus den Räumen gestampft, bis alle möglichen Türen zugeknallt waren.

Conor hatte Angst.

Valentin änderte seine Meinung nicht. Er hätte Conor weiterhin geraten, die Sache abzublasen und eine andere, ruhigere Gelegenheit für das Kennenlernen zu wählen, aber seine Meinung war nicht gefragt. Trotzdem tat Conor ihm leid. Es war kaum zu übersehen, wie sehr er litt. Valentin freute sich auf den Tag, an dem sie alles hinter sich bringen konnten.

Außerdem stand Conor der Besuch bei Lucias Eltern bevor,

was seine Nerven noch weiter strapazierte. Er tat zwar gelassen, doch sein Schauspiel überzeugte Valentin nicht.

Als der Abend dann endlich kam, wirkte Conor allerdings plötzlich ganz entspannt, diesmal *for real*, als wäre ihm eine große Last von den Schultern gefallen. Er verabschiedete sich von Valentin mit den Worten »Wish me luck!« und machte sich auf den Weg in die Innenstadt.

Bevor er losgefahren war, hatte Conor Valentin noch gebeten, sein Handy bereitzuhalten, falls er irgendwie Hilfe brauchte. »I'll let you know if I need a quick exit plan«, hatte er gesagt. »Then you can just call me and tell me my mother's sick or something.«

Von daher kam es nicht unerwartet, als Conor sich ein paar Stunden später bei Valentin meldete. Allerdings war das Bild auf seinem Display so dunkel, dass Valentin kaum erkennen konnte, wo Conor überhaupt steckte. Der einzige Hinweis war ein großes Kruzifix, das hinter ihm an der Wand hing. Es war ein kurioser Ort ...

BADEZIMMER BEI LUCIA ZU HAUSE INNEN / TAG

Conor sitzt auf einer Toilettenschüssel
und spricht leise in sein Handy.

CONOR

Hi, Valentin!

VALENTIN

Hi, Conor! Where are you?

CONOR

Oh, I'm in Lucia's bathroom.

VALENTIN

How's it going?

CONOR

Well, it's going pretty well. I mean, the dad, we're communicating. He doesn't speak much English, but we're still communicating. We're getting what we mean across. The mom, she – oh, my God! I don't know how she can do that with a *burrito*, but she is the most amazing cook I've ever met. Lucia, she's ... she's just awesome as usual. Beautiful, joking, laughing. I think it's going really well.

VALENTIN

Does her dad like you?

CONOR

Yeah ... Of course he likes me! He's been giving me a few sly looks and stuff, but, no, he likes me. We've been getting our points across. It's been going pretty well. Very well ... It's going well.

VALENTIN

Sounds good. Hope it stays that way.

CONOR

Alright. See ya!

VALENTIN

Bye!

Conor drückt aus.

Conor hatte am Telefon nicht gerade überzeugend geklungen. Es hatte sich eher angehört, als würde er versuchen, sich den Abend schönzureden. Unter *sly looks* verstand Valentin *böse Blicke*, aber das war wohl zu erwarten gewesen. Väter guckten doch immer so, wenn der neue Freund ihrer Tochter zum ersten Mal nach Hause kam, oder nicht? Ansonsten hatte Valentin den Eindruck, dass er Conor nicht zu sehr beim Wort nehmen sollte. Er glaubte keinesfalls, dass er sich gut mit Lucias Vater verständigen konnte. Das Einzige, was Conor auf Spanisch sagen konnte, war *Burrito*, und selbst dieses eine Wort sprach er falsch aus.

Doch vielleicht war es ja tatsächlich so. Vielleicht lief der Abend wirklich rund. Überwindet die Liebe nicht alle Widrigkeiten? Wer behauptet, dass die Kluft zwischen Arm und Reich nicht zu schließen ist? Und wenn Conor und Lucia es schafften, hatten Trinity und er dann nicht auch eine Chance?

Meeting the Parents

Bad Vibes

Es gehörte zu den sonderbaren Gewohnheiten der Familie Faraday, dass Audrey mehrmals die Woche Gerichte aus der internationalen Küche anliefern ließ, anstatt selber zu kochen. Valentin erfuhr nie, woher diese Tradition kam. Ob Audrey einfach nicht gerne kochte oder nur keine Zeit dafür hatte, konnte Valentin nicht feststellen. Vielleicht wollte sie nur Verschiedenes aus der Weltküche ausprobieren. Dass Gerry nicht kochte, wunderte Valentin kaum. Er hatte nur seine Arbeit und den Golfplatz im Kopf.

Ungefähr eine Woche nach Conors Besuch bei Lucia saßen die zwei Jungs am Esstisch in Torrey Pines und verspeisten die Überreste von irgendeinem *Takeaway*, als Conors Mutter früher nach Hause kam als gewöhnlich und ihren Sohn beiläufig fragte, ob er denn nun endlich Trinity zur Feier eingeladen hätte.

»No«, erwiderte Conor. »Valentin invited her.«

Valentin blieb der Basmati-Reis im Hals stecken.

Was? Wovon sprach er?

Audrey schaute Valentin mit einer Mischung aus Überraschung und Entsetzen an.

»You did?«

»No, I …«, fing Valentin an, aber Conor ließ ihn nicht zu Wort kommen.

»He likes her, Mom«, sagte er und zuckte unschuldig mit den Schultern. »What can I do?«

»Conor!«, protestierte Valentin. »What are you talking about? I didn't invite Trinity.«

»I know, I know.« Conor legte seinen Arm kumpelhaft um Valentins Schulter. »I invited her for you. It's okay, buddy. You don't have to feel bad about it. Trinity and I, we never really got on.«

Audrey rümpfte die Nase und wandte sich von den Jungs ab. »You never even tried«, sagte sie pikiert und widmete sich ihrer ungeöffneten Post.

Am liebsten hätte Valentin Conor die Soße seines *Chicken Curry* über den Kopf gekippt. Für wen hielt er sich eigentlich? Hatte Valentin ihm nach dem Besuch im Fischrestaurant nicht deutlich genug gesagt, dass er in Ruhe gelassen werden wollte? Wieder mischte Conor sich in Angelegenheiten ein, die ihn gar nichts angingen.

»I never told you to invite her«, beschwerte sich Valentin, nachdem sie wieder allein waren.

»Relax, dude.«

»Why didn't you tell me?«

»Would you have said yes?«

Valentin überlegte. Die Antwort lautete »Nein«, aber das wollte er nicht zugeben.

»I'll ask you next time«, versprach Conor, doch Valentin hatte das Gefühl, dass Conor ihn längst durchschaut hatte.

*

Am nächsten Morgen kam Valentin nach unten, um sich Frühstück zu machen. In der Küche traf er auf Audrey. Sie saß am Tisch und trank ihren Kaffee. Normalerweise war sie um diese

Zeit schon längst aus dem Haus. Conor war noch unter der Dusche. Ob sie auf ihn wartete?

Während Valentin seine Frühstückssachen aus dem Schrank holte, spürte er Audreys durchdringenden Blick, der wie ein Feuerstrahl auf seinen Rücken gerichtet war.

Nach einer Weile seufzte sie und sagte: »I was once in love with a Swedish boy, you know.«

Valentin schluckte. Er musste sofort an Cathleen Kirby denken.

»He was a freshman at university«, fuhr sie in nostalgischem Tonfall fort und blies den Dampf von ihrer Kaffeetasse weg. »Medicine.«

Valentin nickte, und er bereitete weiter sein Frühstück zu, ohne Audrey dabei anzusehen. Warum erzählte sie ihm das bloß?

»He had hair that was so blonde, it was almost white. Blue eyes like the sea. He was so handsome.« Sie schaute mit verträumtem Blick aus dem Fenster. »I was eighteen. It was my first year in the States.«

Oben lief die Klospülung. Conor.

Bitte beeil dich!, dachte Valentin. Audrey würde niemals so reden, wenn er dabei wäre.

»I was head over heels in love with him. It was a magical time.«

Sie hob einen Fuß auf den Stuhl. Für einen kurzen Augenblick konnte Valentin sich vorstellen, wie sie mit achtzehn ausgesehen hatte. Sie war bestimmt sehr hübsch gewesen.

»It was never meant to last«, fuhr sie fort. »I always knew he was going back to Sweden. And I wanted to stay in the United States.«

»Do you regret it?«, traute sich Valentin zu fragen.

Sie schüttelte wehmütig den Kopf. »No, not at all. He wasn't the right person for me.« Sie nippte an ihrem Kaffee. Ihr Blick wanderte zu einem eingerahmten Foto, das neben dem Kühlschrank hing: Conor als zehnjähriges Kind, seine große Schwester, zwei Jahre älter, Gerry ohne graue Haare, Audreys perfekte Zähne. »Then I met Gerry.«

Sie musterte Valentin ganz genau.

»You see, I know where I belong«, sagte sie, und jetzt war wieder die Strenge in ihrer Stimme zu hören, die Valentin vertraut war. Sie stellte ihren Fuß zurück auf den Boden, stand auf und nahm ihre Jacke vom Stuhlrücken. »Don't get too hung up on Trinity. That girl is going places.«

Und du wirst niemals mit ihr mithalten können, hätte sie noch ergänzen können, aber das war nicht nötig. Valentin hatte sie schon verstanden.

Audrey lächelte, trank ihren Kaffee aus, warf ihre Jacke über die Schulter und verließ das Haus mit einem kurzen »Bye«.

Zwei Minuten später tauchte Conor völlig ahnungslos in der Küche auf, und Valentin ließ kein Wort über das Gespräch mit seiner Mutter fallen.

*

Valentin dachte lange über Audreys Worte nach. *I know where I belong*, hatte sie gesagt, als sollte auch Valentin sich das vor Augen führen. Hatte sie vielleicht recht? Sollte wirklich jeder wissen, wo er hingehört?

Valentin gehörte nach Deutschland, in die Hansestadt Hamburg, war der Sohn eines Pastors und einer Sportlehrerin und stammte aus normalen Verhältnissen. Und Trinity kam aus einer ganz anderen Welt. Es ging nicht nur um Geografie, um Entfernungen, es ging darum, wer man war. Conors Mutter hatte eigentlich nur das gesagt, was Valentin schon längst wusste. Es war illusorisch, die Sache anders zu sehen.

Später am gleichen Tag befand sich Valentin wieder in der unangenehmen Situation, sich etwas anhören zu müssen, was er gar nicht hören wollte. Diesmal ging es allerdings nicht um einen schwedischen Studenten, sondern um Conor. Lucia rief Valentin nach der Schule an. Sie machte sich große Sorgen ...

LUCIAS ZIMMER — INNEN / TAG

Lucia sitzt auf ihrem Bett und ruft Valentin an.

LUCIA

Hey, Valentin. It's Lucia.

LUCIA

How are you?

VALENTIN

Good. And you?

LUCIA

I'm great. I've been doing a lot of things.
I've been going out with Conor.

VALENTIN

I know. Is everything okay?

LUCIA

Yeah, we're great. *(Lucia hält inne)* Well, we're great, but I've been thinking about us.

VALENTIN

Yeah? Is there a problem?

LUCIA

Well, it's not that. We get along well. We're just ... different ...

VALENTIN

Everybody's different, Lucia.

LUCIA

No, no. Yeah. It's just that his parents ... he asked me to meet them and ... well, what if they don't like me?

VALENTIN

Of course they'll like you. You two are good together ...

LUCIA

Yeah, but they don't see that. To them we're just two kids in love. Well ... maybe not in love to them.

VALENTIN

They're not as bad as Conor says.

LUCIA

Yeah ... (*Sie wirkt nicht beruhigt*) Have you talked to him?

VALENTIN

What about?

LUCIA

You think maybe he might be using me?

VALENTIN

Using you? No! Conor's not like that.

LUCIA

You're right. But I was just thinking ... his dad ... maybe he's trying to get back at him?

VALENTIN

Conor fights with his dad a lot, but he wouldn't do something like that.

LUCIA

Yeah, you're probably right. I'm just over-thinking things.

VALENTIN

Don't worry about it, Lucia. It'll be fine.

LUCIA

Yeah. Okay. I'll talk to you soon.

VALENTIN

Bye, Lucia.

Lucia drückt aus.

Er hatte es doch gewusst! Lucia fand Conors hirnrissigen Plan gar nicht gut. Auch das gehörte zu Conors erstaunlichen Fähigkeiten: Er sah die Welt, wie sie ihm gefiel.

It will be fine, hatte Valentin am Telefon gesagt. Er hoffte, dass seine Worte sich als wahr erweisen würden. Es tat ihm leid, dass Lucia sich überhaupt mit derartigen Überlegungen quälte. Die Vorstellung, dass Conor nur mit ihr zusammen war, um seinem Vater eins auszuwischen, war mehr als traurig. Auf solche Gedanken hätte Lucia nie im Leben kommen dürfen.

*

Zur gleichen Zeit stiegen auch in Conor die ersten Zweifel an seiner Beziehung auf. Am nächsten Tag fuhren Valentin und er nach der Schule zum Strand, um die letzten Sonnenstrahlen zu genießen, ehe es dunkel wurde. Sie liefen eine Weile schweigend nebeneinanderher, bis Conor sich nicht mehr länger zurückhalten konnte.

»You know, being with Lucia it's ... It's awesome. It's great. It's amazing.« Er seufzte und runzelte die Stirn. »I'm just worried that ... I'm worried that she won't be able to handle it.«

Er brach ab und schüttelte den Kopf. Valentin wartete, ohne etwas zu sagen. Er hatte den Eindruck, dass Conor etwas loswerden wollte.

»I mean, the differences ...«, fuhr Conor fort. »She lives in City Heights, I live in Torrey Pines. I've got a house that has five bedrooms for three people ...«

»So what?«, fragte Valentin.

Conor reckte die Hände verzweifelt in die Höhe. »Together

we ...« Er brachte seinen Gedanken nicht zu Ende, als wäre es zu schwer, ihn zu formulieren.

»Who cares about the differences?«, sagte Valentin.

Conor schaute Valentin hoffnungsvoll an. »You sure about that, yeah?«

»Yeah, really.«

Conor lachte. Das alte Funkeln in seinen Augen war wieder da. »All right!«

Der Auslöser für Conors Zweifel war ein Video, das Lucia ihm irrtümlich geschickt hatte. Das Video traf Conor schwer. Lucia wollte Conor an ihrem Alltag teilhaben lassen und ihm den Ort zeigen, wo sie so viel Zeit verbrachte. Darum hatte sie ein paar Bilder von ihrer *High School* für ihn gemacht. Es war eine nette Idee, doch eine der Aufnahmen war eigentlich gar nicht für Conors Augen gedacht gewesen und trotzdem auf seinem Handy gelandet. Es war ein peinliches Versehen, aber Conor weigerte sich, Lucia darauf anzusprechen. Nur Valentin zeigte er das Video.

Die Aufnahme war während einer Schulpause entstanden. Man sah einen Jungen, der auf Lucia zukam. Sie legte ihr Phone zur Seite, drückte die Kamera jedoch nicht aus. Der Junge, den Lucia mit dem Namen Esteban ansprach, wollte wissen, was sie auf dem Schulhof filme. Lucia erzählte, dass sie ein Video für ihren neuen Freund mache, woraufhin er aufhorchte und sie über den Neuen ausfragte. Als der Junge hörte, dass Conor aus Torrey Pines kam, war er entsetzt.

»It's not gonna work«, sagte er bestimmt. Seine Begründung war ganz einfach: »He's rich. We're from City Heights. That's not you.«

Mutual Feeling

Während das Video lief, musste Valentin wieder an die Worte von Conors Mutter denken: *I know where I belong.*

»What if he's right?«, fragte Conor. »What if we can't do this?«

»Of course you can do it«, redete Valentin auf ihn ein, wobei ihm die Ironie der Situation nicht entging. Eigentlich war *er* doch derjenige, der an der Kraft der Liebe zweifelte, nicht Conor. Umso schlimmer fand er es, dass Conor und Lucia plötzlich ihre Beziehung infrage stellten. Valentin selbst war am Anfang zwar etwas skeptisch gewesen, aber bisher war es ja ganz gut gelaufen zwischen den beiden. Doch anscheinend gab es Grenzen, genau wie Conors Mutter gesagt hatte, und eine Liebe ohne Komplikationen schien nicht möglich zu sein.

Valentin wollte allerdings nicht tatenlos zusehen, wie Conors Beziehung an den Erwartungen seines Umfeldes scheiterte. Er wollte seinem Freund helfen. Am Strand redete er immer weiter auf Conor ein, bis er dessen Zweifel schließlich zerstreuen konnte.

Als sie wieder zu Hause waren und Valentin allein in seinem Zimmer saß, meldete er sich bei Lucia und fragte, ob sie sich treffen könnten. Er wollte ihre Sorgen nicht einfach so im Raum stehen lassen. Bei ihrem vorherigen Gespräch hatte er Lucias Bedenken nicht entschieden genug widerlegen können. Conor empfand sicherlich eine gewisse Genugtuung dabei, sich vorzustellen, wie sehr eine mexikanische Freundin seinen Vater provozieren würde, aber dass er so berechnend sein könnte, nur deswegen mit Lucia zusammen zu sein, war schlichtweg unmöglich. Conor liebte Lucia, darin bestand für

Valentin kein Zweifel. Ihr Umfeld, ihre Werte, ihre Möglichkeiten rückten Conors eigenes Leben in ein ganz anderes Licht. Er liebte sie, weil sie für ihn etwas Besonderes war.

Es war Zeit, nach City Heights zu fahren. Es war Zeit, Lucias Welt kennenzulernen.

City Heights

Die Fahrt in die Innenstadt, die mit dem Auto nur zwanzig Minuten dauerte, zog sich mit dem Bus in die Länge. Zurück blieben die grünen Kiefern von Torrey Pines, die ordentlichen Straßen, die sauberen Einkaufszentren. Die hügelige Landschaft des vorstädtischen Idylls wich einem flachen Sumpfgebiet, das sich zwischen Torrey Pines und den Anhöhen der Stadt erstreckte. Aus der *Interstate 5* wurde die *805*, die *Freeways* verliefen kreuz und quer am *Fashion Valley* vorbei, führten erst ins Tal von *Mission Valley* hinab und dann hinauf auf das Dach der Metropole, wo sich der Bus in das gitterförmige Straßennetz begab.

City Heights war ganz anders als Torrey Pines. Die Hauptader war ein sechsspuriger Boulevard namens *El Cajon*, der die Durchreisenden an einer bunten Mischung aus Gebrauchtwagenhändlern, mexikanischen Imbissen, Baumärkten, asiatischen Großrestaurants, Waschsalons, heruntergekommenen Maniküre- und Friseursalons und Autowerkstätten vorbeiführte. Hier war die Armut auf der Straße zu sehen.

Valentin stieg an der Haltestelle aus, die ihm Lucia am Telefon genannt hatte, und ging durch das Raster von Straßen Richtung Südwest. *43rd Street, 44th Street, Highland Avenue.* In San Diego war es einfach, den Weg zu finden.

Es war ein überraschend heißer Tag. Die Sonne knallte ihm

unermüdlich auf den Kopf. Die Luft flimmerte über der Straße wie eine Fata Morgana. Die Straße, in der Lucia wohnte, war gesäumt von kleinen, einstöckigen Häusern in unterschiedlichen Farben und Baustilen, die hauptsächlich aus Holz bestanden. Provisorisch aussehende Zäune trennten die Vorgärten vom Bürgersteig und hielten bellende Hunde fern. Sie pressten ihre Mäuler zwischen den Latten hindurch, ihre Zähne stießen gegen den Maschendraht, und sie gaben tiefe, knurrende Geräusche von sich, die den vorbeilaufenden Passanten eine Warnung sein sollten. Kinder spielten barfuß auf dem gelben, von der Sonne ausgetrockneten Rasen. Die Straße mündete in einer Schlucht, die als Mülldeponie benutzt wurde. Kurz davor befand sich Lucias Haus.

Drei Autos standen eng nebeneinander geparkt in der schmalen Einfahrt. Der schmutzige *Pick-up* gehörte wahrscheinlich Lucias Vater, die zwei anderen Autos ihrer Mutter und ihrer älteren Schwester.

Valentin klingelte an der Haustür. Er wurde nicht von einem bellenden Hund in Empfang genommen, sondern von Lucia, die zaghaft aus dem Haus schlich und die Tür leise hinter sich zumachte. Sie wollte Valentin nicht hineinlassen. Ihr Vater schlief, obwohl es schon drei Uhr nachmittags war. Lucia sagte, dass er die Nachtschicht auf einer Baustelle übernommen habe und sich deswegen tagsüber erhole.

»Do you like Mexican food?«, fragte sie. »I know a good place to eat.«

Valentin musste gestehen, dass er außer *Nachos* nicht viel Ahnung von der mexikanischen Küche hatte, doch er war für jedes kulinarische Abenteuer offen.

City Heights

Lucia führte ihn zu einem kleinen, bunt bemalten Imbiss namens *Rico's cocina rica*. Sie kannte den Laden gut, weil sie dort zweimal die Woche kellnerte.

»Rico cooks even better than my mom«, schwärmte Lucia, als sie den Imbiss betraten, und Valentin musste schmunzeln. Wenn er ein Lokal in Hamburg empfehlen würde, weil der Küchenchef besser als seine Mutter kochte, wäre das nicht unbedingt ein Qualitätsnachweis!

»I just wanted to say: Conor isn't using you«, sagte Valentin, nachdem sie Platz genommen hatten und Lucia auf Spanisch einige Gerichte bei Rico bestellt hatte. »He's in love with you, for sure.«

»Thanks. It's really kind of you to come here and say that.«

»I wanted to tell you face to face.«

Lucia fragte Valentin, wie es Conor ginge. Es war ihr aufgefallen, dass er in letzter Zeit ziemlich angespannt war. Valentin erzählte ihr von der Situation zu Hause, von den vielen Streits zwischen Conor und seinen Eltern und der Dauerspannung.

»What are his parents like?«, fragte sie.

Valentin fühlte sich nicht ganz wohl bei der Frage. Er wollte Lucias Meinung nicht beeinflussen, bevor sie Conors Eltern nicht selbst kennengelernt hatte. Er zuckte mit den Schultern und sagte diplomatisch: »They're all right.«

»Conor never talks about them. I've asked him so many times, but he hasn't told me a thing. I know nothing about them.«

Das war wieder einmal typisch Conor. Er konnte das Blaue vom Himmel herunterreden, aber auch schweigen wie ein Grab.

»What does his mom do?«, fragte sie.

»She's a doctor.«

»I didn't mean that. I mean, what does she do when she's not working?«

»You mean, like hobbies?«

»Yes.«

Valentin dachte kurz nach. Ihm fielen nur zwei Sachen ein: »She rides horses and goes to the spa.«

»Horses? Okay ... And his dad?«

Was war das hier? Ein Verhör?

»Why are you asking?«

»I just thought it would be good to know a few things about them before I meet them.«

»You don't have to talk to them about anything«, sagte Valentin. »You just have to be yourself, Lucia.«

Lucia stöhnte und rollte mit den Augen. »That's what Conor always says.«

»Well he's right.«

»No, he's not. The whole problem is that I am who I am. I don't want to look like a fool in front of all those people.«

»Lucia, you could never look like a fool.«

»So, come on«, drängte sie ihn spielerisch, »spit it out, Valentin! Tell me about his dad. What's he into?«

Eine einfache Frage. »Golf«, antwortete Valentin. Mehr gab es dazu nicht zu sagen.

Lucia runzelte die Stirn und nickte, als stünde sie vor einer kniffeligen Aufgabe. »I don't know anything about golf, either.«

Die Befragung wurde unterbrochen, als Rico das köstlich duftende Essen auf den Tisch brachte. Es gab Paprika, die mit Rindfleisch und Granatapfelkernen gefüllt waren, und *Enchiladas* mit einer dickflüssigen Soße aus schwarzen Bohnen.

Ein Traum! Rico stellte die Gerichte in der Mitte des Tisches ab und gab seinen Gästen zwei leere Teller.

»Buen provecho!«, wünschte er.

»There's only one problem«, sagte Lucia, nachdem er gegangen war. »I don't know what to wear.«

Das war nicht Valentins Baustelle. »Ask Conor«, schlug er vor.

Lucia schüttelte den Kopf. »He's completely clueless about clothes.« Sie hielt inne und fügte nachdenklich hinzu: »Do you think I could ask Trinity?«

Die Erwähnung von Trinitys Namen zuckte durch Valentins Körper wie ein Stromschlag. Tausend Volt aus dem Nichts.

»Do you have her number?«, fragte Lucia.

»No, yes, I mean ... sure«, erwiderte Valentin durcheinander. Ein seltsames Gefühl überkam ihn, als wollte er Trinitys Nummer nicht preisgeben.

Er kramte sein Smartphone hervor.

»You don't mind, do you?«, fragte Lucia vorsichtig.

»What?«

»If I call her?«

»No, of course not.«

»I just thought ...« Sie vollendete den Satz nicht.

Was sie sich dabei gedacht hatte, fragte Valentin nicht. Er wollte die Antwort auch gar nicht hören. Wahrscheinlich teilte sie Conors Meinung, und in ihren Augen waren er und Trinity schon ein Paar.

Er suchte Trinitys Nummer in seinem Phone und schickte sie Lucia.

»Trinity is the right person to ask«, sagte er. »She's got great taste in clothes.«

*

Lucia meldete sich tatsächlich bei Trinity, die sich über ihren Anruf freute. Ein paar Tage später trafen sich die zwei Mädchen am Einkaufszentrum von *Fashion Valley* und fuhren dann zu Trinity nach Hause. Lucia lud Valentin zu dem Treffen ein, aber er lehnte dankend ab. Er war noch nie bei Trinity gewesen, und dabei sollte es auch bleiben.

Am Abend rief Lucia ihn begeistert an. »It was such fun«, erzählte sie. »Trinity is really nice. We spent all afternoon trying on dresses. Did you get the video?«

Das hatte er. Trinity hatte ihm ein Video geschickt, in dem die beiden Mädchen eine Auswahl an Kleidern präsentierten. Conor bekam das gleiche Video von Lucia zugeschickt. Die Jungs durften ihre Stimme dazu abgeben. »All right, guys. Which one's your favorite?«, lautete die Frage, ehe die Aufnahme zu Ende war.

Es war eigentlich nur ein Witz, weil die Mädchen ihre Wahl bestimmt längst selber getroffen hatten, aber es war nett, dass sie die Jungs miteinbezogen. Dass Lucia Conor nach seiner Meinung fragte, war für Valentin nicht weiter verwunderlich. Aber Trinity? Warum wollte sie von ihm wissen, welches Kleid am besten zu ihr passte?!?

Fashion Session

Hooked

Inzwischen wurde es Valentin klar, dass sein Aufenthalt in den USA von einem ständigen Auf und Ab geprägt war, in dem Glück und Unglück in unmittelbarer Nachbarschaft wohnten. Es gab Momente, in denen er nicht wusste, ob er lachen oder weinen sollte. Auf die größten Katastrophen folgten immer wieder schöne Erlebnisse. Wenn er gerade dachte, dass alles reibungslos lief, passierte etwas Schreckliches. Und nun wusste er nicht, ob er sich über Trinitys Video freuen sollte oder nicht. Sollte er glücklich darüber sein, dass sie ihn nach seiner Meinung gefragt hatte, oder war es schlecht, weil es ihm dadurch nur noch schwerer fiel, ihrem Zauber zu widerstehen? Aus seiner Sicht sah sie in allen drei Kleidern großartig aus.

Ob er Trinity eines Tages sagen würde, was er für sie empfand? Er konnte es längst nicht mehr leugnen, auch wenn er weiterhin versuchte, nicht an sie zu denken. Aber dafür war es schon zu spät – Trinity war nicht mehr wegzudenken. Er konnte seine Gefühle für sie nicht einfach ausschalten. Es war Valentin gelungen, Conor und Lucia aus ihrer Krise zu helfen, doch sein eigenes Liebesleben war ein einziges Durcheinander.

*

Zwei Wochen nach ihrem seelischen Absturz kam Chelsea wieder zur Schule. Ihre Rückkehr wurde nicht weiter kommentiert, als wäre ihre Abwesenheit nur ein kleiner Knick im ansonsten normalen Alltag gewesen. Sie wurde von ihren Eltern gebracht (normalerweise fuhr sie selbst) und kam ganz gewöhnlich die Treppe zum Haupteingang hinauf, ihre Schultasche über die Schulter geworfen, vorsichtig um sich blickend. Schnell wurde sie von den ersten Schülern entdeckt, und die Neuigkeit verbreitete sich wie ein Lauffeuer: »Chelsea's back!«

Auch Valentin hörte davon, noch bevor er sie sah. Die Begegnung, die unvermeidlich bevorstand, machte ihn nervös. Es wunderte ihn, dass Chelsea schon so früh zurück in die Schule kam, als wäre binnen kürzester Zeit alles wieder in Ordnung. Man musste kein Fachmann sein, um zu wissen, dass es ihr so schnell noch nicht gut gehen konnte. Er fragte sich auch, ob sie selbst bereits jetzt zurückkommen wollte oder ob es ihre Eltern gewesen waren, die sie dazu gedrängt hatten.

Als Valentin Chelsea schließlich in der Pause sah, wirkte sie bedrückt. Sie war mager geworden und hatte dunkle Ringe unter den Augen. Zusammen mit Conor ging er auf sie zu und begrüßte sie mit vorsichtiger Freundlichkeit.

»Hi, Chelsea.«

»Hey, Valentin.«

»How are you feeling?«, fragte Conor, der sich überraschend einfühlsam zeigte.

Sie nickte ein wenig. »Better.«

»It's good to see you back«, sagte Valentin, obwohl er sich gar nicht so sicher war, ob er es wirklich gut fand.

Eine tiefe Stille trat ein.

»Please don't ever do anything like that ever again«, sagte Valentin. Es war das Einzige, das er über die Lippen bringen konnte. »It's not worth it.«

Ein trauriges Lächeln huschte über ihr Gesicht, fast wie eine Entschuldigung.

»I have to go«, sagte sie und drehte sich um. »I'll see you around.«

Wie ein Gespenst verschwand Chelsea im Hauptgebäude.

Es war zwar nur eine kurze Begegnung gewesen, aber Valentin fand es gut so. Es gab keine Tränen, keine verkrampfte Unterhaltung mit den typischen aufmunternden Sprüchen, keinen Versuch, die Situation schönzureden. Chelsea und er hatten zwar nicht viele Worte gewechselt, doch Valentin hatte alles gesagt, was er sagen wollte.

Danach sahen sie sich so gut wie nie mehr, denn Valentin und Chelsea besuchten keine gemeinsamen Kurse. Valentin entdeckte sie höchstens in der Ferne auf dem Schulhof, oder die beiden begegneten sich zufällig im Flur, aber es kam zu keinem weiteren Gespräch. Valentin mied Chelsea nicht bewusst, doch er hatte den Verdacht, dass sie sich absichtlich von ihm fernhielt. Vielleicht irrte er sich, und es war nur Zufall, allerdings fand er es schon auffällig, wie selten ihre Wege sich kreuzten.

Deshalb kam das nächste Video wie ein Schlag aus dem Nichts.

*

Inzwischen liefen bei den Faradays die Vorbereitungen für das große Fest auf Hochtouren. Audrey hatte Conor und Valentin damit beauftragt, Haus und Hof festlich zu schmücken, eine Aufgabe, die ihnen nicht wirklich Spaß machte. Welche Farben sie verwenden sollten, gab Audrey vor, aber die Deko durften die Jungs selber aussuchen und kaufen – das war zumindest der Plan. Conor zögerte den Einkauf immer weiter hinaus – wahrscheinlich aus Protest –, bis seine Mutter ihm ein Ultimatum stellte und die zwei Freunde mit ein paar Hundert-Dollar-Scheinen losschickte.

»You can't decorate the house if you don't have any decorations«, klagte sie. »Go and buy something after school today!«

Artig fuhren die Jungs nach der Schule los. Sie wanderten gerade ziellos durch die schier unendlichen Gänge eines großen *Homeowner*-Geschäfts, als Valentins Handy plötzlich summte. Er nahm sein Phone aus der Hosentasche und las mit Entsetzen die Mitteilung: *Chelsea@TPHS sent you a video*.

Er konnte es nicht fassen.

Nahm das denn nie ein Ende?

Valentin reichte Conor das Handy. »You watch it«, bat er ihn.

Conor ließ das Video abspielen, während Valentin wegschaute. Er hörte zunächst nur das Brummen der Straßenkulisse, bis Chelseas Stimme aus dem Lautsprecher ertönte: »Hey, Valentin! Look what I just found ... Check it out!«

Ihre Stimme klang schrill und aufgedreht, was Valentin zutiefst beunruhigte. Worüber war sie so begeistert?

Conor schaute auf das Display und zog eine Grimasse. »Oh man!«

»What is it?«

Ehe Conor antworten konnte, erklang Chelseas Stimme erneut: »I guess Trinity has a boyfriend«, sagte sie, und Valentin hörte die Genugtuung in ihrer Stimme. »I guess she's not so perfect, huh?«

Valentin wurde ganz schwindelig. Trinity hatte einen Freund?

Chelsea's Revenge

»Who is it?«, fragte er.

»Teddy«, erwiderte Conor. »Her ex.«

Nicht schon wieder! Warum tauchten überall immer irgendwelche Exfreunde auf? Wussten sie nicht, wofür das »Ex« stand?

»What the hell is she doing with him?«, zischte Conor verärgert, als würde das Video ihn persönlich treffen. »That guy is a waste of space!«

Valentin zuckte mit den Schultern und mimte den Gleichgültigen. Er wünschte, es wäre ihm wirklich egal, aber leider war es das nicht. Es fühlte sich an, als stürze er in ein dunkles Loch der Verzweiflung. Trinity war wieder mit ihrem Ex zusammen? Gab es denn gar keine Gerechtigkeit auf dieser Welt?

Als Conor und Lucia die Zweifel an ihre Beziehung begraben hatten, hatte ihm das Mut gemacht. Er hatte gedacht, dass es vielleicht doch mit der Liebe klappen konnte, wenn man nur daran glaubte. Doch jetzt wurden seine Hoffnungen zunichtegemacht. Es war nicht nur ein Schlag ins Gesicht, es war, als ob ein gigantischer Hammer von oben auf ihn hinabdonnerte und ihn in kleine Stücke zertrümmerte.

Valentin war bemüht, sich nichts anmerken zu lassen, aber Conor kaufte ihm seine Ungerührtheit nicht ab. Er versuchte, seinen Freund mit Sprüchen zu trösten wie »She probably doesn't mean it« oder »It's probably just a misunderstanding«. Doch für Valentins Geschmack fiel das Wort *probably* ein bisschen zu oft. Wahrscheinlich war es genau so, wie es aussah: Trinity wollte ihn nicht; sie wollte Teddy.

Conor bot an, Trinity anzurufen, um die Sache direkt zu klären, Valentin hielt ihn allerdings davon ab. Wenn überhaupt, dann würde er Trinity selbst darauf ansprechen. Aber ob er das wirklich tun würde, musste er sich erst einmal überlegen. Was sollte er zu Trinity sagen?

Eigentlich hätte er über die neue Entwicklung froh sein sollen. Er hatte sich seit Wochen mit Händen und Füßen gegen Trinity gewehrt, und nun musste er nicht mehr kämpfen. So empfand Valentin es nur leider nicht. Er war nicht erleichtert. Er war traurig. Und diese Erkenntnis betrübte ihn noch mehr. Außerdem ärgerte er sich darüber, dass Conor mitbekommen hatte, wie sehr ihn die Sache mit Teddy traf – bisher hatte er doch immer versucht, seine Gefühle für Trinity so gut wie möglich vor Conor zu verbergen.

Valentin hatte inzwischen von Conor erfahren, dass Trinity ihre eigene Leidensgeschichte hinter sich hatte. Daher wunderte es ihn, dass Trinity scheinbar zu Teddy zurückgehen wollte. Schließlich war es bei ihr anders als bei Anne. Trinity hatte sich damals freiwillig gegen Teddy entschieden. Anne hingegen hatte nach der Trennung noch immer an ihrem Ex gehangen, weil er es gewesen war, der Schluss gemacht hatte. Zumindest hatte sie es Valentin damals so erzählt. Wenn Trinity Teddy also bewusst den Laufpass gegeben hatte, warum sollte sie ihn jetzt plötzlich zurückhaben wollen?

Valentin verstand die Welt nicht mehr. Er hatte keine Antworten, sondern nur Fragen, und sie hörten nicht auf, durch seinen Kopf zu schwirren.

Sollte das sein Schicksal sein? Würde er sich sein ganzes Leben lang ausschließlich in Mädchen verlieben, die schon vergeben waren? In Mädchen, die früher oder später zu ihrem Ex zurückkehrten? Valentin hatte zwar keinen Kniefall vor Trinity gemacht, aber er war kurz davor gewesen. Das wurde Valentin jetzt bewusst. Er hatte bereits überlegt, ob er ihr seine Liebe nicht doch gestehen sollte, so wie Matze es ihm geraten hatte, nur hatte er nicht genau gewusst, wie. Nun stand es nicht mehr zur Debatte.

Die Liebe hielt mehr Höhen und Tiefen bereit als die schlimmste Achterbahnfahrt.

Schweigend besorgten die Jungs den Festschmuck und fuhren nach Hause, wo ihre Einkäufe in der Garage deponiert wurden. Das Dekorieren konnte noch warten. Conor war mit Lucia verabredet, was Valentin sehr recht war, denn er wollte lieber allein sein. Er ging auf sein Zimmer und schloss die Tür ab.

Im Englischen gibt es zwei Wörter, die Valentins Gemütszustand beschreiben, und sie unterschieden sich nur durch eine kleine Nuance: *Heartache* und *Lovesickness*. Wenn man *lovesick* ist, liebt oder vermisst man eine Person so sehr, dass man gar nicht mehr in der Lage ist, sich normal zu verhalten (deswegen auch *sick*, krank). Wenn man aber *Heartache* hat, kämpft man mit dem Verlust oder der Abwesenheit eines geliebten Menschen (deswegen die Schmerzen).

Was Valentin gerade empfand, war eine Mischung aus beidem, denn die *Heartache* war schon vorprogrammiert, und *lovesick* war er obendrein. Diesmal war es mehr als eine *Lose-Lose*-Situation. Es war das reinste Schachmatt.

*

Während seiner hundert Tage in den USA – von denen jetzt nur noch zwanzig übrig blieben – hatte Valentin selten lange Zeit, sich selbst zu bedauern, denn immer wieder leitete das Schicksal eine neue Wende für ihn ein. Die nächste Überraschung erwartete ihn noch am gleichen Abend, als kurz vor dem Einbruch der Dunkelheit jemand an seine Tür klopfte.

»Valentin, do you know where Conor is?«, ertönte Audreys Stimme aus dem Flur.

Valentin schaute auf die Uhr. Conors Mutter war schon wieder früher zu Hause als sonst, wahrscheinlich, um zu kontrollieren, welchen Fortschritt die Jungs beim Dekorieren machten.

»I think he's out with friends«, sagte Valentin und erhob sich vom Bett.

»Do you know anything about this?«

Um herauszufinden, was *this* war, machte Valentin die Tür auf. Audrey hielt ihm ihr Phone entgegen. Ein Standbild zeigte Conor und Lucia im *Fashion Valley*.

»Who is this girl?«, fragte sie.

Panik schnürte Valentin die Kehle zu. »I don't know«, stammelte er.

Wo hatte sie bloß das Bild her?

»Oh, come on, Valentin, don't give me that! Of course you know!«

»I ...« Er überlegte verzweifelt, wie er Conors Mutter ablenken konnte. »Who gave you that?«

»That's not important right now. You might as well tell me who she is.«

»I think you should speak to Conor about it.«

»That's why I'm here«, sagte Audrey mit einem faden Lächeln. Sie kehrte Valentin abrupt den Rücken zu und lief die Treppe hinunter. »If he calls you, tell him his father and I are waiting.«

*

Gerry Faraday stützte sich mit dem Ellenbogen auf dem Kaminsims ab und bemühte sich um vollkommene Gelassenheit, als sein Sohn nach Hause kam. Eingeschüchtert betrat Conor das Wohnzimmer, wo seine Eltern bereits auf ihn warteten. Valentin hatte ihm eine SMS geschickt und ihn vorgewarnt, aber er hatte noch nicht mit ihm darüber gesprochen. Audrey saß weit am Rand auf der Couch, kerzengerade aufgerichtet. Ihre wütenden Augen schauten zu ihrem Sohn hinauf.

»Hello, Conor.«

Conors Blick wanderte Hilfe suchend in Richtung Küche, wo Valentin auf einem Barhocker saß. Audrey hatte darauf bestanden, dass er dabei war. Valentins Lippen öffneten sich in dem vergeblichen Bemühen, ein Lächeln zustande zu bringen.

»Where have you been?«, fragte Gerry mit gepresster Stimme.

»With Lucia«, antwortete Conor überraschend ehrlich.

Audrey richtete sich noch ein Stück weiter auf, als würde sie versuchen, mit dem Kopf gegen die Deckenlampe zu stoßen. »And who is this Lucia?«

»My girlfriend.«

Conors Antwort kam dermaßen prompt, dass seine Eltern in Schweigen versanken.

»Why didn't you tell us about this before?«, fragte sein Vater.

»I was planning to.«

»How long has this be going on?«, bohrte Conors Mutter nach.

»A month or so.«

Voyeur in the Mall

Audrey blickte vorwurfsvoll zur Küche, als wäre Valentin daran schuld. Valentin zog sich den Schuh nicht an. Er hatte schließlich nur das Geheimnis für sich behalten, wie jeder gute Freund es getan hätte. Conor hatte nichts Schlimmes verbrochen.

Gerry stieß sich vom Kaminsims ab und stemmte die Hände in die Hüften. »This Lucia girl ... where does she live?«, fragte er und schaute hinunter auf seine Schuhe, während er ein paar Schritte auf dem Teppich auf und ab ging.

»In City Heights.«

»Is she Mexican?«

Conor schüttelte den Kopf. »No, she was born here.«

»That's not what I meant«, schoss Gerry zurück.

Conor ließ sich Zeit, bevor er die Frage beantwortete. Valentin war beeindruckt, wie gefasst er war. Wochenlang hatten sich Vater und Sohn in die Haare gekriegt, wegen jeder Kleinigkeit, und nun zeigte sich Conor plötzlich von einer ganz anderen Seite.

»Her parents are Mexican«, sagte er. »And, yes, before you ask, they are illegal.«

Audrey zuckte zusammen, als hätte sie das Unglück schon vorausgesehen. Sie stand auf und berührte leicht Conors Ellenbogen.

»How do you think this is going to work, Con?«, fragte sie, als spräche sie mit einem Kleinkind.

Conor zuckte mit den Schultern. »Just because her parents are illegal doesn't make her illegal.«

»I know that, but can you see our two families sitting together at that table over there, eating turkey and celebrating Thanksgiving together?«

Audrey zeigte zum Flur, wo die Tür zum Esszimmer in vollkommener Dunkelheit lag. Conors Blick folgte dem ausgestreckten Zeigefinger seiner Mutter, als versuchte er sich gerade vorzustellen, wie solch ein gemeinsames Essen ablaufen könnte.

Auch Valentin überlegte, wie es ablaufen könnte: Die zwei Familien zusammen an einem Tisch – worüber würden sie sich unterhalten? Die Frage war nie gewesen, ob Conor und Lucia gut miteinander auskamen, sondern, ob die Eltern über ihren eigenen Schatten springen konnten. Eigentlich waren sie das Problem. Sie klammerten sich an eine bestimmte Vorstellung. Amerika war das Land der unbegrenzten Möglichkeiten, den Spruch kannte Valentin aus dem Englischunterricht, aber in den Köpfen seiner Einwohner gab es noch viele Grenzen.

»Maybe«, sagte Conor leise. »Why not?«

»Why not?«, platzte es wütend aus Gerry heraus. Er drehte sich um und hob seine Hand empört in die Höhe. »You're out of your mind, Conor! What are we gonna talk about, huh? *How's your gardening job going, Mr. Hernandez?*«

»Their name is Serratos«, korrigierte ihn Conor. »And her dad isn't a gardener. He does construction.«

»Even better!«, rief Gerry. Sein Gesicht hatte inzwischen die Farbe eines tropischen Sonnenbrands angenommen. »We can talk about real estate together. Jesus!«

Audrey, die inzwischen aufgestanden war, streckte die Hand nach ihrem Mann aus, um ihn zu beschwichtigen. Gerry stützte sich wieder mit dem Ellenbogen auf dem Kaminsims ab und wischte sich dann mit der Hand über die Stirn.

»He's right, you know«, sagte Audrey, deren sanftmütiger

Tonfall signalisierte, dass sie auf Versöhnung aus war. Sie legte ihren Arm um Conors Schulter. »It can't work.«

Conor drehte den Kopf weg, löste sich aber nicht aus ihrer Umarmung. »This isn't about you. This is about me and Lucia.«

»I know, I know.« Sie nickte verständnisvoll. Die Weichheit ihrer Stimme hatte etwas fast Hypnotisches. »Do her parents know about this?«

Conor nickte.

»And what do they think?«

»They like me.«

Audrey konnte ihre Überraschung nur schwer verbergen. »You met them already?!«

Conor nickte erneut.

Seine Mutter schwieg und dachte eine Weile nach, bevor sie fragte: »What do you think is going to happen when you finish high school? I mean, when you go to university ... What's Lucia going to do then?«

Conor schaute seine Mutter verständnislos an. »What do you mean?«

»You'll be away studying, on the east coast, in San Francisco, wherever, and she'll be here, at home, living with her parents. How's that going to work?«

Conor schaute seine Mutter entsetzt an. »How can you say that?«

»I'm guessing«, sagte Audrey vorsichtig. »How many kids from City Heights make it to college?«

Das war eine Frage, die niemand im Raum hätte beantworten können, aber Audrey hatte sie auch nicht gestellt, um eine Antwort zu erhalten. Valentin musste an Lucias Schwester denken. Sie hatte es jedenfalls nicht aufs *College* geschafft.

Audrey ließ ihren Sohn einen Augenblick lang überlegen, während Gerry am Kamin weiter vor sich hin brodelte.

Doch Conor entgegnete nichts mehr.

Audrey nickte langsam, als hätte sie im Gericht gerade das entscheidende Argument genannt. Sie nahm Conors Hand. »Don't you see, Conor? You'll be going places, and Lucia ... she'll just hold you back.«

Conor starrte mit ausdrucksloser Miene vor sich hin.

»No one's going to stop you from doing this. But you have to be realistic about things. You have one more year of high school left. You have to concentrate on getting those grades. Lucia can't help you with that. And you can't help her, either. The choices you make now will influence the rest of your life. You can't throw it all away.«

Für einen kurzen Moment hatte Valentin den Eindruck, dass Conor aufgegeben hatte. Er schaute an seiner Mutter vorbei zu Valentin, der noch immer regungslos auf dem Barhocker saß. Valentin las die Frage aus seinen Augen ab und nickte. *Gib nach*, wollte er ihm damit sagen, *oder tu nur so. Du wirst nie gegen sie ankommen.*

Conor schien ihn zu verstehen. »Okay«, sagte er zu seiner Mutter. »I'll talk to her.«

Audrey konnte ein Lächeln nicht unterdrücken. »Good.«

Dreams

Die Grillen zirpten ihr sinfonisches Abendlied, während Conor und Valentin im Gras lagen und zum Sternenhimmel hinaufschauten. Die Stadt brummte tröstend in der Ferne – die Geräusche drangen nur leise durch die Bäume und Hecken, die die Jungs umgaben. Einige Liebespaare durchstreiften die Insel der Ruhe, angeleuchtet vom gelblichen Schein der Laternen entlang der Parkwege. Aber dort, wo sich Conor und Valentin aufhielten, war es stockdunkel. Nur alle paar Minuten, wenn ein tief fliegendes Flugzeug in wenigen Hundert Metern Höhe über ihre Köpfe hinwegrauschte, wurden ihre Gesichter kurz angestrahlt. Sie waren unglaublich laut, die Flieger, und dennoch hätte die Nacht im Park nicht friedlicher sein können.

Die zwei Jungs lagen direkt unter der Einflugschneise des Flughafens von San Diego und hatten das Gefühl, dass sie alles verloren hatten. Auf der anderen Seite des Balboa Parks verlief die Landebahn entlang der Bucht. Die Flugzeuge flogen so dicht über ihnen hinweg, dass es so schien, als ob man sie mit dem ausgestreckten Arm fast berühren konnte.

»What are you going to do now?«, fragte Valentin und blickte in den Himmel.

»I don't know«, erwiderte Conor.

»Who do you think sent the video to your mom?«

»I asked Chelsea, but it wasn't her. She asked around and

found out it was Teddy. I should have guessed. That guy never liked me. But, hey, the feeling's mutual.«

Noch ein Grund, Trinitys Freund nicht zu mögen. Und überhaupt – wer ließ sich schon freiwillig nach einem Kuscheltier benennen?

Valentin versank wieder in seinen Gedanken. Es war ein schrecklicher Nachmittag gewesen. Er musste immer wieder an Chelseas Video denken und an den Jungen, der Trinitys neuer Freund war, und das tat weh. Was Conor vor wenigen Stunden durchmachen musste, übertraf sein eigenes Leid allerdings noch mal bei Weitem.

Nach der Schule waren die zwei Freunde nach City Heights gefahren, um Lucia über die unerwartete Entwicklung am Vorabend zu informieren. Conor hatte nicht vor, Lucia den Laufpass zu geben. Sein Versprechen »I'll talk to her« wurde von seinen Eltern zwar als Einsicht zur Vernunft gewertet, aber sie irrten sich. Es war nichts anderes als ein Täuschungsmanöver gewesen. Valentin war überrascht, dass sie ihrem Sohn die Lüge abgenommen hatten, doch damit hatte Conor ein bisschen Zeit gewonnen. Er war nach wie vor entschlossen, seinen Plan durchzuziehen, auch wenn es nun nicht mehr möglich war, seine Eltern zu überraschen. Insgesamt hatte sich die Situation für ihn nicht wesentlich verändert.

Der Himmel leuchtete klar und blau, als die beiden Freunde Lucia besuchten. Die Innenstadt flirrte vor Hitze. Conor parkte sein Auto in einer Nebenstraße, um nicht aufzufallen, und ging dann mit Valentin zu Lucias Haus. Während der Autofahrt war seine Anspannung immer mehr gewachsen. Wie vom Sturm getriebene Wolken zog eine Unsicherheit über ihn hinweg, die seine übliche Zuversicht ins Schwanken brachte. Würde Lucia nach wie vor mit ihm zusammen sein wollen, jetzt, wo die Ablehnung seiner Eltern so offen zutage trat?

Doch noch bevor er Lucias Haus überhaupt betreten konnte, fingen die Probleme schon draußen auf der Straße an …

STRASSE IN CITY HEIGHTS AUSSEN / TAG

Valentin filmt Lucias Straße. Conor steht ungeduldig daneben.

CONOR

Dude, come on! Let's go and see Lucia's house.

Conor überquert die Straße und zeigt auf die andere Seite.

CONOR

That's her house over there.

Ein Junge hängt am Straßenrand herum: Lucias Freund, Esteban. Er geht auf sie zu, streckt die Hand aus und hält Conor an.

ESTEBAN

Woah! Are you Conor?

Conor bleibt überrascht stehen.

CONOR

Yeah. Who are you?

ESTEBAN

I'm one of Lucia's friends. And listen, leave her alone.

CONOR

Why?

ESTEBAN

'Cos I said so.

Conor schaut zu Valentin und lacht.

CONOR

'Cos he said so!

Er geht weiter, aber Esteban streckt den Arm erneut aus und bremst ihn.

ESTEBAN

Where are you going?

CONOR

To her house.

ESTEBAN

No, you're not.

Esteban schubst Conor weg und schaut in die Kamera.

ESTEBAN

Film this!

Er schubst Conor noch mal.

CONOR

Dude!

ESTEBAN

Go back to Torrey Pines!

Lucia kommt aus dem Haus gelaufen. Sie hat die Jungs schon durch das Fenster gesehen.

LUCIA

Esteban!

CONOR

Lucia! What the ...

LUCIA

Esteban! Stop!

Lucia schiebt Esteban beiseite und greift nach Conors Hand.

LUCIA

Come on, Conor, let's go.

Sie schaut in die Kamera.

LUCIA

And Valentin, stop filming!

Valentin macht die Kamera aus.

Valentin und Conor durften das Haus betreten, weil Lucias Vater unterwegs war. Sie gingen in die Küche, um Getränke aus dem Kühlschrank zu holen. Das Haus bestand aus zwei Schlafzimmern, der kleinen Küche, einem Wohnzimmer und einem Bad. Das Wohnzimmer war genauso breit wie die Couch, die an der Wand stand. Die zwei Schlafzimmer boten gerade genug Platz für die Betten. In Lucias Zimmer trennte ein schmaler Gang zwei Betten, die dicht nebeneinander standen, sodass man gerade noch durch den Raum gehen konnte. Im Zimmer der Eltern ließ das Doppelbett kaum einen Fleck vom Teppich erkennen. Es gab im Haus keine Regale und keine Schränke. Alle Klamotten waren in einem Schrank aus Metall untergebracht, einer Art Riesenspind, der auf der Terrasse stand. Der Hof hinter dem Haus war unwesentlich größer als die beiden Schlafzimmer und wurde nur dazu benutzt, die Wäsche aufzuhängen. Weil die zwei Nachbarhäuser so dicht angebaut waren, drang kaum Licht durch die Seitenfenster hinein. Der einzige helle Raum im ganzen Haus war das Wohnzimmer, dessen großes Fenster mit Spitzengardinen verhängt war und zum Vorgarten hinauszeigte.

Dort saßen sie nun – Conor und Lucia auf der Couch, Valentin im Sessel –, während Conor vom Streit mit seinen Eltern berichtete. Er erzählte alles, schonungslos und ehrlich: von dem Video, das Teddy seiner Mutter geschickt hatte, bis hin zu den Bedenken seiner Eltern und ihren Sorgen, dass Lucia Conor von irgendetwas abhalten könnte.

Lucia hörte sich die Geschichte stillschweigend an. Als Co-

Brotherly Love

nor fertig war, sagte sie: »That doesn't make it any easier for us.«

»When was it ever going to be easy?«

Lucia senkte den Kopf. »I'm scared.«

»We have to do this, Lucia. We have to stand up for who we are. We can't let them win.«

Ein aufheulender Motor unterbrach ihr Gespräch. Der *Truck* von Lucias Vater ratterte in die Einfahrt und blieb mit knirschenden Bremsen neben dem Haus stehen. Die Fahrertür flog auf. Lucias Vater stieg aus, sein Gesicht dreckig von der Baustelle, seine Klamotten verstaubt. Er war ein bulliger Mann von kleiner Statur, der einige Kilos zu viel um den Bauch herumtrug. Seine Arme waren wie Stahlpfosten, seine Finger dick und kräftig. Schnell wischte Lucia ihre Tränen weg und stand auf. Conor und Valentin erhoben sich ebenfalls und blickten nervös zur Tür, als Señor Serratos das Wohnzimmer betrat.

»Hola, papa«, sagte Lucia mit bemühter Fröhlichkeit.

Lucias Vater musterte die Gäste irritiert.

»Eso es un amigo de Conor«, stellte Lucia Valentin vor, der sofort einen Schritt nach vorne trat und Señor Serratos die Hand reichte.

»Hello, Sir«, sagte er. Während seiner kurzen Zeit in Amerika hatte er schon die Bedeutung von dieser kleinen Höflichkeitsform begriffen. Nicht nur, dass er selber dauernd mit *Sir* angesprochen wurde, auch Conor verwendete das Wort oft, um aus brenzligen Situationen herauszukommen. Es ist bekanntlich schwerer, auf jemanden sauer zu sein, der vorzügliche Umgangsformen aufweist.

Señor Serratos nahm Valentins Hand und schüttelte sie

mit festem Griff. Er nickte seiner Tochter zu und sagte: »Hablamos.«

Lass uns reden.

Lucia folgte ihrem Vater in die Küche und machte die Tür hinter sich zu. Valentin und Conor blieben im Wohnzimmer stehen. Sie tauschten einen unsicheren Blick aus und setzten sich wieder auf die Couch, um zu warten.

Das Gemurmel aus der Küche war deutlich zu hören, aber Lucia und ihr Vater sprachen so schnell, dass Valentin nichts von ihrer Unterhaltung verstehen konnte, obwohl er mittlerweile einige Wochen Spanischunterricht in der *High School* hinter sich hatte. Die Wörter schossen aus Lucia und ihrem Vater heraus wie Salven aus Maschinengewehren, gedämpft und doch eindringlich. Ihr Getuschel schwoll ein wenig an und dann wieder ab, bis der Unmut in der Stimme von Lucias Vater nicht mehr zu überhören war. Valentin vernahm, wie Lucia ihm sanft widersprach, aber ihre Worte schürten seine Aufregung nur noch mehr, bis er sie regelrecht anbrüllte und ihre Antworten nur noch als kleinlautes Schluchzen hervorkamen.

Conor stand von der Couch auf und schaute ängstlich auf die geschlossene Tür. Valentin stellte sich neben ihn und zupfte an seinem Ärmel. »Leave them«, sagte er.

Sie hatten in diesem Haus nichts zu melden.

Schließlich ging die Tür auf, und Lucia betrat wieder das Wohnzimmer. Die Tränen strömten ihr aus den Augen. Schwarze Wimperntusche lief ihr die Wangen herunter.

Conor trat auf sie zu, die Hand ausgestreckt, und sagte ihren Namen, aber sie ging schnurstracks an ihm vorbei, ohne sich berühren zu lassen.

»You have to go«, sagte sie und machte die Haustür auf.

Conor blickte zur Küche zurück, wo Lucias Vater durch die Hintertür in den Hof hinaus verschwand. Ein Luftzug blies den fahlen Geruch von Zigarettenrauch durch den Hausflur.

»What happened?«, fragte Conor.

Lucia schüttelte den Kopf, den Blick nach unten gerichtet. »Just go. Please!«

»Tell me what's going on.«

»My dad doesn't want to see you here again. You have to go.«

Einen Augenblick lang dachte Valentin, dass er Tränen in Conors Augen sah, doch wenn, dann ließ Conor sie nicht fließen. Er stand da wie gelähmt und blickte hilflos von Lucia zu Valentin.

»We have to go«, sagte Valentin und machte den ersten Schritt zur Tür. »Bye, Lucia.«

»Goodbye, Valentin«, aber sie schaute ihn dabei nicht an.

»I'll call you«, versprach Conor und folgte Valentin nach draußen.

Lucia antwortete nicht. Gesenkten Hauptes ließ sie die beiden Jungs gehen und schloss die Tür hinter ihnen ab.

*

»I lied to you about Lucia's dad«, sagte Conor, als sie später auf dem Rasen von Balboa Park lagen, um sich von dem Schreck ihres Rausschmisses zu erholen. »When I went around to Lucia's house for dinner the other week ... her dad and I ... he didn't talk to me all evening. He just took his food and sat down in front of the TV.«

»That's terrible. Why didn't you tell me?«

»Because I didn't want it to be true.«

»What are you going to tell your parents?«, fragte Valentin.

Seit ihrem Besuch bei Lucia waren sie nicht mehr zu Hause gewesen. Gleich würden sie nach Torrey Pines zurückfahren müssen, wo die unvermeidliche Frage auf Conor wartete.

»I'll tell them it's over.«

Die laue Herbstluft umhüllte die Freunde, die nun beide ihren eigenen Gedanken nachsannen. Alle paar Minuten flogen Hunderte von Menschen über ihre Köpfe hinweg. Hunderte Schicksale. Keine zwei davon gleich. Menschen, die von überall auf der Welt herkamen und einfach nur ihr Leben leben wollten.

Conor hatte mittlerweile aufgehört, bei Lucia anzurufen. Sie ging nicht an ihr Handy, reagierte nicht auf seine Nachrichten, meldete sich nicht. Er konnte nur eins machen: abwarten.

Impossible love.

Valentin fragte sich, ob er Lucia heute zum letzten Mal gesehen hatte. Ihm blieb nur noch wenig Zeit in den USA, und er hegte wenig Hoffnung, dass Conor und Lucia schnell wieder zusammen sein würden – wenn überhaupt. Die Eltern von Conor und Lucia hatten alles ruiniert.

Die düstere Stimmung prägte auch Valentins Gedanken an Trinity. Seine Situation war anders als die von Conor, aber es gab auch Parallelen. Die Aussicht auf ein *Happy End* war genauso hoffnungslos. Es war in beiden Fällen eine Liebe ohne Perspektive. Zuvor hatten Valentin nur die Zeit, die Entfernung und seine Angst in der Quere gestanden, jetzt kam noch Teddy hinzu.

»I think I've fallen in love«, sagte Valentin in die Stille hinein.

Conor drehte sich auf die Seite und schaute ihn an. »Trinity?«

»I can't get her out of my head.«

»That's love for you.« Conor lachte leise, aber es war kein fröhliches Lachen, sondern ein resigniertes. »I always knew you liked her.«

»I know.«

»You should tell her.«

»But she's with Teddy.«

»So?«, sagte Conor. »Maybe it's not what she wants.«

Valentin spürte einen Funken Hoffnung. *Maybe.* Ein Wort, das ihm Mut machte.

Doch seine Vernunft vernichtete schnell jegliche Zuversicht. Es war Freitagabend. Morgen in einer Woche stieg schon die große Party. In der Woche darauf würde Valentin bereits in den Flieger nach Deutschand einsteigen.

»There's no time left«, sagte er.

»Why let that stop you?«

Valentin seufzte. Aus der Ferne kündigte sich das nächste Flugzeug mit einem leisen Grollen an.

»I didn't want to fall in love«, sagte er. »I didn't want this to happen. Not after Anne. But it has.«

»›*The course of true love never did run smooth*‹«[9], sagte Conor. »That's Shakespeare. He was pretty good.«

»I don't know what to do.«

»Nor do I.«

Das Donnern der Motoren wurde lauter.

»I always wanted to go to Mexico«, sagte Conor. »Crazy, huh? I live twenty miles from the border and I've never even been there.«

Valentin hatte sich während seiner Zeit in San Diego bisher auch nicht getraut, die Grenze nach Mexiko zu überqueren. Er hätte dafür zwar kein Visum gebraucht, sondern hätte nur einmal über die Fußgängerbrücke laufen müssen, doch der zweifelhafte Ruf von Tijuana hielt ihn davon ab.

»That's it!«, rief Conor und sprang auf, als hätte er gerade einen genialen Einfall gehabt. »That's the answer! You don't need a plane to go to Mexico!«

Das nächste Flugzeug tauchte hinter den Bäumen auf. Angesteckt von Conors Lachen, sprang Valentin ebenfalls auf und schaute auf die Lichter, die am Bauch und an den Flügeln des Flugzeuges blinkten, als es über ihre Köpfe hinwegpreschte. Die schreienden Motoren schienen den Boden unter seinen Füßen zum Beben zu bringen.

»Did you see that?«, rief Conor. »That was huge!«

Auf einmal war seine Stimme nicht mehr traurig, sondern voller Hoffnung. Er warf den Kopf in den Nacken und sagte: »You don't need a plane to go to Mexico! You don't need a plane at all!«

Flight Path

Wheels

Valentin schlief noch, als am nächsten Morgen sein Handy summte. Es vibrierte auf dem Nachttisch und verstummte kurz darauf. Zwei Minuten später summte es erneut, und zwei Minuten später noch einmal, bis Valentin es nicht mehr länger aushalten konnte und sich schweren Herzens vom Schlaf verabschiedete.

Wo war er überhaupt?

Zu Hause?

Warum war das ganze Zimmer rosa?

Es dauerte eine Weile, bis er seine Gedanken sortiert hatte. Schnell löste sich sein Verdacht in Luft auf, dass am heutigen Tag Schule sein könnte. Heute war Samstag, und am Samstag hatte jeder das Recht, so lange zu schlafen, wie er wollte. Valentin hatte es auch wirklich nötig. Seit Tagen schlief er schlecht.

Er schaute auf die Uhr. Es war kurz nach zehn.

Wer schickte ihm um diese frühe Uhrzeit eine Nachricht?

Hoffentlich nicht Chelsea!

Die eingerostete Mechanik seines Gehirns setzte sich langsam in Gang. Er tastete nach seinem Phone und schaute auf das Display. Es war nicht Chelsea. Es war Conor.

Conor?

Er hatte ihm ein Video geschickt, schon vor fast einer Stunde.

Das Standbild zeigte Conor, der hinter dem Steuer seines Autos saß. Neben ihm war Lucia zu sehen.

Valentin war schlagartig wach. Conor war mit Lucia unterwegs? Waren sie wieder zusammen? Wo steckten sie überhaupt? Er drückte auf *Play* ...

STRASSE — AUSSEN / TAG

Conor filmt sich selbst, während er hinter dem Steuer seines Autos sitzt.

CONOR

Hey, Valentin! You're probably wondering where I am ...

Conor steigt aus dem Auto und geht auf die andere Seite des Fahrzeuges.

CONOR

Well ... me and Lucia, we've decided to go on a little trip.

Lucia steigt ebenfalls aus dem Auto. Sie winkt in die Kamera.

LUCIA

Hi, Valentin! How are you?

CONOR

We've decided it's time for her to meet her grandparents, so we're going on a big old trip, huh?

Conor bleibt neben einem Straßenschild stehen und deutet mit einem Blick darauf: »MEXICO ONLY«.

CONOR

We're crossing the border soon, so we'll be gone a couple of days.

Conor geht zum Auto zurück.

CONOR

I'll give you a call. Tell my parents not to worry. We'll be fine. I've got everything under control. But, er ... I'll keep in touch.

LUCIA

Bye, Valentin!

CONOR

Take care.

Er drückt die Aufnahme aus.

Runaways

Valentin verstand die Welt nicht mehr. Conor und Lucia hatten schon wieder zueinandergefunden? So schnell? Wann denn? Mitten in der Nacht? Und wieso fuhren sie nach Mexiko? Wann hatte Conor das mit Lucia ausgemacht? Gestern Abend, nachdem sie wieder zu Hause angekommen waren? War Conor deswegen im Park plötzlich so gut gelaunt gewesen, weil ihm dort die Idee gekommen war? Und warum hatte er Valentin nichts davon erzählt?

Tausend Gedanken wirbelten durch Valentins Kopf. Er rief Conor an, aber sein Handy war aus. Lucias auch.

Valentin versuchte sich ein Bild vom möglichen Ablauf zu machen. Conor musste irgendwann zwischen zehn Uhr abends und heute früh mit Lucia gesprochen haben. Was hatte er ihr wohl mitten in der Nacht geschrieben, damit sie wieder mit ihm redete? *Hi, Lucia, give me a call. Let's go to Mexico to meet your grandparents. We can leave in the morning. Call me. I love you, Conor*? Möglicherweise hatte sich Lucia daraufhin bei ihm gemeldet.

War es vielleicht so gewesen?

Valentin stand auf und zog sich an. Ihm war beinahe schwindelig angesichts der bevorstehenden Aufgabe, Conors Eltern über die Aktion informieren zu müssen. *Tell them not to worry* hatte Conor im Video gesagt. Ha! Der war vielleicht gut! Seine Eltern sollten sich keine Sorgen machen? Sie hatten ihm verboten, nach Mexiko zu fahren, weil sie sich gerade das um ihn machten: große Sorgen. Valentin war auf eine Reaktion der Eltern gefasst, die den Zorn Gottes völlig harmlos aussehen lassen würde.

Mit benebeltem Kopf ging Valentin die Treppe hinunter in die Küche. Conors Eltern frühstückten an dem kleinen Tisch auf der Terrasse. In seiner steif gebügelten Chinohose und seinem türkisen Lacoste-Pulli sah Gerry aus, als hätte er schon eine Runde Golf gespielt. Audrey hatte leicht gerötete Wangen und trug noch ihre Joggingsachen.

Frühsport.

»Morning, Valentin! Do you want a coffee?«, fragte Gerry in ungewohnt freundlicher Manier. Wahrscheinlich hatte er gerade ein *Hole-in-one* geschlagen.

»Is Conor still in bed?«, fragte Audrey, ohne von ihrer Zeitung aufzuschauen.

»Hm, not exactly«, gab Valentin zu.

Not exactly. Eine schöne Umschreibung! Die englische Sprache war wirklich meisterhaft darin, Sachen unklar auszudrücken. Wie sollte man das bloß verstehen? Inwiefern war Conor *nicht genau* im Bett? Indem er *ungenau* im Bett war? Oder konnte es sein, dass er sich womöglich sogar *nicht genau* im Land befand?

Audrey schien Valentins Antwort gar nicht wahrzunehmen, denn sie blätterte ihre Zeitung um und fragte: »You two are going to decorate the house today, right?«

Valentin gab ein gequältes Grunzen von sich und versuchte zu nicken, aber es nutzte ja nichts. Er musste den Sprung ins kalte Wasser wagen. Es gab keine Möglichkeit, Conors Eltern die Flucht ihres Sohnes ewig zu verheimlichen.

Er holte tief Luft und sagte: »There's something I have to tell you.«

Audrey schaute neugierig von ihrer Zeitung auf.

*

Eigentlich hatte Valentin von Conors Eltern einen Ausbruch von Wut und Empörung erwartet, gespickt mit Vorwürfen, weil er nicht in der Lage gewesen war, seinen Freund von seiner wahnsinnigen Idee abzuhalten. Doch Valentin hatte ja gar nichts von Conors Plänen gewusst. Vielleicht hatte Conor ihm absichtlich nichts davon erzählt, weil er damit gerechnet hatte, dass Valentin versuchen würde, ihn aufzuhalten. Aber zu Valentins Überraschung kam kein donnernder Sturm der Entrüstung auf. Stattdessen reagierten Conors Eltern mit erstaunlicher Selbstbeherrschung – als wäre es nicht das erste Mal, dass Conor sich in eine solch schwierige Situation begeben hatte.

»He's gone to Mexico?«, fragte Audrey und wechselte einen irritierten Blick mit ihrem Mann. »Why?«

Das hätte Valentin auch gerne gewusst. Er erzählte Conors Eltern von Lucias Familie, von ihren Großeltern in Mexiko, die sie noch nie gesehen hatte, und vom Streit mit ihrem Vater am Nachmittag zuvor.

»He loves her«, sagte er zum Schluss, und diese drei Wörter genügten Gerry Faraday, um nachdenklich mit dem Kopf zu nicken.

»Maybe we were too hard on him«, sagte er zu seiner Frau, wobei er ihr einen vorsichtigen Blick zuwarf.

Audrey hatte schon ihr Smartphone in der Hand und hielt es sich ans Ohr. Als Erstes versuchte sie, Conor anzurufen. »No answer«, verkündete sie. »Do you have Lucia's number?«

Valentin gab ihr die Nummer sofort.

Auch Lucia war nicht erreichbar.

Gerry wandte sich wieder Valentin zu und fragte: »Do you know where her grandparents live?«

Valentin verneinte.

»We should call the police«, schlug Gerry vor.

»No. No police«, widersprach Audrey. »He'll be fine as long as he's with Lucia. She'll keep him out of trouble.«

»If he calls you, find out where he is and tell him to call me«, sagte Gerry.

»What about Lucia's parents?« Audrey ergriff wieder das Wort. »Do they know about this?«

Die Bilder vom gestrigen Streit schossen Valentin durch den Kopf: Lucia, in Tränen aufgelöst, die unmissverständliche Ansage ihres Vaters. Es war unwahrscheinlich, dass sie mit ihren Eltern darüber gesprochen hatte.

»I guess not.«

»We should let them know. Gerry, you talk to them.«

Gerry hob abwehrend die Hände. »Why me? My Spanish is terrible!«

»Mine's no better.«

Valentin dachte sofort an Trinity. »I can ask Trinity«, schlug er vor und blickte kurz zu Conors Mutter hinüber, um zu sehen, wie der Name auf sie wirkte. »Her Spanish is good. She knows Lucia, too. I already met Lucia's dad. Maybe it's better if we do it.«

Trinity und er – allein unterwegs. Das würde Audrey bestimmt nicht gefallen. Valentin hoffte, dass sie trotzdem auf seinen Vorschlag eingehen würde. Das wäre für ihn auch die Gelegenheit, noch einmal in Ruhe mit Trinity zu sprechen. Er merkte, dass tief in ihm drin ein letzter Funke Hoffnung war.

Wenn Conors Mutter etwas dagegen hatte, so ließ sie es sich zumindest nicht anmerken. Sie lächelte mit einem traurigen Blick und legte ihre Hand sanft auf Valentins Schulter.

»Thanks, Valentin«, sagte sie. »You're a good friend.«

*

Valentin rief Trinity an und bat sie, vorbeizukommen. Er sagte ihr am Telefon nicht, worum es ging, aber sie schien gar nicht überrascht zu sein.

Fünf Minuten später stand sie in der Auffahrt zu Conors Haus. Valentin beobachtete sie aus dem Fenster im ersten Stock. Er sah, wie sie zögerte und stehen blieb, und er vermutete, dass es ihr genauso ging wie ihm: Sie wusste nicht, ob sie ihn wirklich wiedersehen wollte. Was würde das Wiedersehen für sie beide bringen?

Sie machte ein paar Schritte zur Straße zurück, als würde sie am liebsten wieder gehen. Doch dann überlegte sie es sich anders und marschierte zielstrebig auf die Haustür zu.

Valentin wartete keine Sekunde länger. Mit großen Schritten sprintete er die Treppe hinunter und hatte schon fast die Tür erreicht, als Trinity klingelte.

Er öffnete die Tür.

»Hi, Valentin«, sagte sie und schaute verlegen weg.

»Hi, Trinity.«

Zwei Worte, die gut klangen.

»Why'd you call?«

»I need your help. Conor's in Mexico.«

Trinity war scheinbar überhaupt nicht verwundert. »So?«, fragte sie nur.

»I need to tell Lucia's parents about it.«

Trinity lachte, als hätte sie schon früher darauf kommen können: »You need me to drive you there?«

»I need you to *talk* to them.«

Valentin glaubte, ein wenig Erleichterung in ihrem Gesicht zu sehen. »I can do that«, sagte sie, ohne zu zögern.

»Cool. Thanks a lot, Trinity. I owe you.«

Asking a Favor

Confessions

Im Auto herrschte ein unangenehmes Schweigen, als Trinity und Valentin von Torrey Pines nach City Heights fuhren. Immer wieder schossen Valentin die Bilder von Trinity mit Teddy durch den Kopf. Er stand völlig neben sich und konnte keinen einzigen Gedanken zu Ende zu führen, als wären die Synapsen in seinem Gehirn weggepustet.

Dennoch fühlte er sich wohl an Trinitys Seite. Sie strahlte etwas aus, das beruhigend auf ihn wirkte, als müsste er ihr nichts vormachen, als könnte er einfach so sein, wie er wirklich war.

Wenn es bloß diesen Teddy nicht gäbe!

Keiner der beiden wagte es, den ersten Ton von sich zu geben. Valentin führte in seinem Kopf zahlreiche Selbstgespräche. Gespräche, die zu keinem Ergebnis führten, weil ihm Trinitys Antworten fehlten. Er hatte viele Fragen. Er wollte vieles wissen. Aber er traute sich nicht zu fragen, denn er hatte Angst vor der Wahrheit.

Was würde er tun, wenn sie Teddy wirklich noch liebte? Würde er damit umgehen können, oder würde ihn diese Erkenntnis niederwalzen? Und wenn sie Teddy nicht mehr liebte, sondern alles nur ein Missverständnis war, wie Conor gemeint hatte? Hätte er dann tatsächlich die Kraft, den letzten inneren Widerstand aufzugeben und sich zu trauen, Trinity seine

Liebe zu gestehen, auch wenn er wusste, dass er bald nach Hause fliegen musste?

Die Gedanken wirbelten in Valentins Kopf herum wie Bienen in einem Bienenstock. Sein Blick war starr nach vorne gerichtet, seine Lippen blieben versiegelt. Irgendwann konnte Trinity die Stille nicht mehr länger aushalten ...

STRASSE — AUSSEN / TAG

Trinity fährt die Straße entlang.

TRINITY

Are you okay, Valentin?

VALENTIN

Yeah. I'm okay.

TRINITY

I just ...

Trinity sucht nach Worten.

TRINITY

I want you to know ... if you hear anything about me and some other guy ... just don't believe it. It's not true. I just want you to know that.

VALENTIN

Yeah. Okay.

TRINITY

If you hear anything … Those people are misunderstood.

Eine Welle der Erleichterung durchströmte Valentins Körper, aber er ließ es sich nicht anmerken. Trinity war doch Single! Teddy war Geschichte! Es war, wie Conor es damals vermutet hatte: Alles nur ein Irrtum! Das schönste Missverständnis, das Valentin je erlebt hatte!

Als sie vom *Freeway* abfuhren, fragte Valentin: »So you're not together with Teddy any more?«

Sicher ist sicher.

»God, no!«, rief Trinity. »He's been trying to get back together with me for months. The video Chelsea sent you … it was just …« Sie seufzte und suchte nach den passenden Worten. »Teddy can get like that sometimes. He's very … physical. Nothing happened between us.«

»You saw the video?«

»Conor sent it to me. I don't know what Chelsea was thinking. I guess she still really likes you.«

Auch wenn Chelsea ihm leidtat, war Valentin glücklich. Noch schöner als die Aufklärung des Missverständnisses an sich war die Tatsache, dass Trinity die Sache richtiggestellt hatte. Sie hätte ihm nichts erklären müssen. Also mochte sie ihn wahrscheinlich wirklich?

Nun lag es an Valentin, den nächsten Schritt zu machen. Nichts stand ihm mehr im Weg. Nach der Welle der Erleichterung kam jetzt Unsicherheit in ihm auf. War es wirklich das, was er wollte? Hoffnung und Angst vermischten sich in ihm zu einem gefährlichen Cocktail. Er wusste nicht, was er tun sollte.

Confession

Doch bevor er sich überhaupt für etwas entscheiden konnte, stand zunächst die Auseinandersetzung mit Lucias Eltern bevor, und die versprach keine leichte Aufgabe zu werden.

*

In der Einfahrt vor Lucias Haus parkten zwei Autos und der Truck von Lucias Vater. Trinity stellte ihren Wagen vor der Haustür ab und folgte Valentin auf die Veranda.

»I'm nervous«, sagte sie.

»So am I.«

Er hätte gerne Trinitys Hand genommen, aber stattdessen klingelte er an der Tür.

Eine kleine Frau mit breiten Hüften und dunklen Haaren öffnete ihnen. Es war schwer, auf Anhieb eine Ähnlichkeit zwischen ihr und Lucia festzustellen. Doch als Trinity sich und Valentin als *amigos de Lucia* vorstellte, ließ der strenge Blick nach, und ihr Gesicht erhellte sich. In ihren schwarzen Augen funkelte es wie Sonnenlicht auf dem Wasser. Es war das gleiche Lächeln wie das von Lucia.

Die Frau trat einen Schritt zurück und hielt ihren Gästen die Tür auf. Gleichzeitig fing sie an, in einem unglaublich schnellen Tempo Spanisch zu reden, sodass Valentin keine Chance hatte, sie zu verstehen. Die Aufregung in ihrer Stimme war nicht zu überhören.

Lucias Vater stand wie ein Baumstamm im Wohnzimmer und schaute Valentin misstrauisch an. Seine Frau sagte etwas zu ihm, und daraufhin gab er erst Trinity und dann Valentin widerwillig die Hand. Sie setzten sich zu dritt auf die Couch, während Frau Serratos in die Küche ging und mit selbst gebackenen Keksen und frischer Limonade zurückkam.

Es folgte ein Gespräch, von dem Valentin nur wenig verstehen konnte. Für Valentin klang es so, als spräche Trinity fließend Spanisch. Er hörte kaum einen Unterschied zwischen ihr und den Muttersprachlern. Sie schien nicht mal einen Akzent zu haben.

Die Unterhaltung war laut und lebendig. Valentin bekam immerhin mit, dass Lucia sich inzwischen schon bei ihren Eltern gemeldet hatte. Ihre Eltern wirkten besorgt. Die Mutter war besonders aufgebracht und sprach immer wieder in vorwurfsvollen Tönen mit ihrem Mann, der nach und nach weicher wurde. Es schien so, als versuchte er sich zu rechtfertigen, aber Lucias Mutter schüttelte nur den Kopf und fuchtelte wild mit der Hand herum. Sie war sauer auf ihn, das konnte Valentin eindeutig erkennen. Herr Serratos wirkte reuevoll, seine Frau unversöhnlich.

Schließlich fing sie an zu weinen. Die Tränen liefen ihr in Strömen über die Wangen, und ihr Mann rutschte auf der Couch näher an sie heran, um den Arm um ihre Schultern zu legen. Er streichelte liebevoll über ihre Haare, wischte ihr die Tränen aus dem Gesicht und kämpfte nun ebenfalls mit seinen Gefühlen.

Endlich hörte Frau Serratos auf zu schluchzen und stand auf, um in die Küche zu gehen. Ihr Mann folgte ihr, die Augen leicht geschwollen von seinen unterdrückten Tränen. Er ging auf den Hof, um eine Zigarette zu rauchen. Valentin hatte den Eindruck, dass er mit seinen Nerven ziemlich am Ende war.

»What did they say?«, fragte Valentin, als Trinity und er allein im Wohnzimmer zurückblieben.

»Lucia called them this morning from the border. Her mum said she wishes she could be with her. She hasn't seen her father for years. Her mum died two years ago. She couldn't even go to her funeral. She said she regrets it that Lucia has never met her grandparents. She doesn't want to live like this anymore. She wants to get her papers so that she can be free.«

»What did she say to Lucia's dad?«

»She's angry with him for throwing Conor out of the house. She said it's because of him that Lucia went to Mexico. They won't be there until late this evening.«

Als Lucias Mutter mit einer nachgefüllten Karaffe Limonade wiederkam, setzte sie sich neben Trinity und nahm ihre Hand. Frau Serratos hatte sich inzwischen wieder gefangen und sprach jetzt in einem deutlich ruhigeren Tonfall mit Trinity. Valentin hörte immer wieder das Wort *gracias*, wahrscheinlich, weil sie dankbar war, dass Trinity und er gekommen waren.

Die kalifornische Mittagssonne fiel durch die Spitzengardinen und tauchte Trinitys Gesicht in ein warmes, gelbliches Licht. Valentin saß da und beobachtete sie heimlich. Wie so oft seit seiner Ankunft in den USA hatte er das Gefühl, gerade etwas Besonderes mitzuerleben. Es war ein magischer Moment.

Trinity unterhielt sich mit Lucias Mutter, als würden sie sich schon seit Jahren kennen. Frau Serratos lachte, Trinity lachte ebenfalls. Sie sprachen über Conor, über seine Familie, und Trinity erzählte von der *Fiesta* in *la casa de Conor* und dass er Lucia *invitado* hatte. Sie erzählte sogar, dass Lucia bei ihr zu Hause gewesen war, um sich ein Outfit für die Feier auszusuchen.

Als Lucias Vater wieder ins Haus kam, sprach auch er mit Trinity und brachte seine Dankbarkeit mit einem kurzen Händeschütteln zum Ausdruck.

Die ganze Zeit über konnte Valentin die Augen nicht von Trinity abwenden. Er hörte ihre Stimme, folgte ihrem Blick und den Bewegungen ihrer Lippen, und es wurde ihm immer klarer, dass er hoffnungslos in sie verliebt war.

*

Als sie später wieder im Auto saßen und sich auf den Weg zurück nach Torrey Pines machten, sagte Valentin: »Your Spanish is amazing.«

»Thanks. That's what you get from watching too many *telenovelas.*«

»Thanks for coming with me. I couldn't have done it without you.«

»It was fun. Lucia's parents are really nice.«

Valentin hatte sich nun entschieden. Wenn die Stunde bei Lucias Eltern ihm eins gezeigt hatte, dann war es, dass er zu seinen Gefühlen stehen musste, auch wenn ihm nur noch wenig Zeit in den USA blieb. Wenn er jetzt nicht mit Trinity redete, dann würde er es sein Leben lang bereuen.

Auf Englisch ließ sich die Sache leichter klären als auf Deutsch. Nur eine Frage war nötig, und Valentin wiederholte sie immer wieder in seinem Kopf: *I just wanted to ask you ... Would you like to go out with me?*

Diese Frage konnte man auf Englisch nicht falsch verstehen. »Ausgehen« bedeutete nur eine Sache. Valentin hatte sich schon an den Klang der Frage gewöhnt, an ihre Einfachheit und Eindeutigkeit. Es konnte doch nicht so schwer sein, die Worte auszusprechen? Trinity und er waren allein im Auto. Der *Freeway* erstreckte sich vor ihnen. Wie viele solche Momente würde es zwischen ihnen noch geben?

Er holte tief Luft, nahm seinen ganzen Mut zusammen und machte den Mund auf.

»They're worried Lucia might not be able to get back into the country«, kam Trinity ihm zuvor.

Valentin musste sich gedanklich schnell umorientieren. »But she's American«, sagte er. »They can't stop her from entering the country.«

»They said the authorities might stop her at the border. If they do a background check, her parents could get into trouble.«

»Conor won't let that happen. He'd never get Lucia into trouble.«

Trinity schwieg wieder und schien über Valentins Worte nachzudenken. Valentin wartete, ob sie das Thema noch einmal aufgreifen wollte, aber sie sagte dazu nichts mehr. Es blieben nur noch ein paar Minuten, bevor sie die Abfahrt nach Torrey Pines erreichen würden.

Erneut öffnete er den Mund, um seine Frage zu stellen, doch im gleichen Augenblick sagte auch Trinity wieder etwas. Er hielt inne. Sie ebenfalls. Die beiden tauschten einen Blick und lachten verlegen.

»Sorry«, sagte sie. »What did you want to say?«

»No, it's okay. You first.«

Trinity dachte einen Augenblick nach, dann sagte sie: »I just had this crazy idea: we should ask Conor's mom to invite Lucia's parents to the party!«

Was?!? Lucias Eltern bei der *Thanksgiving*-Feier? Meinte sie das ernst?

»I'm not sure that's a good idea«, sagte Valentin.

»Why not? Conor's parents don't have a problem with Lucia, they have a problem with Lucia's parents. It's them who are stuck in the past, not us. We have to help them get over it.«

Valentin teilte Trinitys Meinung, aber ihr Lösungsvorschlag schien ihm ziemlich abwegig zu sein. »It would just make Lucia even more nervous«, sagte er.

»Not if it's a surprise«, widersprach Trinity. Ihre Augen funkelten bei der Vorstellung.

»Even if Conor's parents did invite them, they would never come.«

»I'm sure we could persuade them«, sagte Trinity mit einem Lächeln. »Come on. We've got nothing to lose.«

Das schien das Motto des Tages zu sein: *Nothing to lose.* Und es gefiel Valentin besonders gut, dass Trinity das Wort »wir« gesagt hatte. *Wir* haben nichts zu verlieren.

»What do you say?«, hakte sie nach, als sie den *Freeway* an der nächsten Abfahrt verließen. »There's no harm in asking, is there?«

Loose Ends

Conors Eltern waren zu Hause, als Valentin und Trinity nach Torrey Pines zurückkamen. Audrey sprang vom Küchentisch auf und lief ihnen aufgeregt entgegen.

»How did it go?«, fragte sie.

»Good«, antwortete Valentin. »Lucia was in touch with her parents this morning. She told them she'll call them again when they get to her grandad's this evening.«

»And Conor?«, fragte Audrey besorgt.

»His cell phone is still off.«

»Did you find out where her grandad lives?«, fragte Gerry. Er klang ziemlich angespannt.

Valentin übergab ihm einen Zettel mit der Adresse von Lucias Großvater. Er war der einzige Friseur im Ort. Das ganze Dorf kannte ihn.

»Lucia's mum said she would call me as soon as she hears from them«, fügte Trinity hinzu.

»That's good news«, sagte Audrey erleichtert. »Thanks, Valentin, thanks, Trinity. We really appreciate your help. Are you guys hungry? I just ordered lunch.«

Zum Mittagessen gab es Sushi, und die japanische Delikatesse lag in übereinandergestapelten Plastikboxen auf dem Küchentisch. Valentins Magen war noch voll von den vielen Keksen, die Lucias Mutter ihnen angeboten hatte, aber Trinity nahm die Einladung gerne an. Valentin ahnte schon, warum.

Trinity setzte sich an den kleinen, runden Tisch und sagte: »There's something we wanted to ask you.«

Audrey hob eine Augenbraue und schaute Trinity neugierig an. »I'm listening«, sagte sie, während sie die Plastikboxen aufmachte und die Sushirollen herausholte.

Trinity warf Valentin einen bedeutungsvollen Blick zu. Er verstand die Botschaft sofort. Jetzt war er an der Reihe. So hatten sie es im Auto abgesprochen. Er war Conors Freund, also wäre es besser, wenn er die Frage stellte.

Valentin räusperte sich und sagte etwas zögerlich: »Ähm ... We wanted to ask you if you could invite Lucia's parents to the *Thanksgiving* party?«

Für den Bruchteil einer Sekunde hielt Audrey überrascht inne, bevor sie die Sushirollen weiter auf den Tellern verteilte. Dabei tauschte sie einen flüchtigen Blick mit ihrem Mann aus.

Gerry sah verwundert aus und schien nicht zu verstehen, was das alles zu bedeuten hatte. »Lucia's parents?«, fragte er. »Why?«

Valentin seufzte. Wie sollte er es am besten erklären?

»Conor and Lucia are serious about each other. If you invite Lucia's parents to the party, then it would show you accept Lucia for who she is.«

Audrey setzte sich auf einen Stuhl und leckte einen Tropfen Sojasoße von einer ihrer Fingerspitzen ab. »Do you think they would come?«

Valentin schaute Trinity an und lächelte. Genau die gleiche Frage hatte er ihr im Auto gestellt, und sie hatte ihn überzeugt, dass Lucias Eltern die Einladung annehmen würden. Er traute es Trinity zu, nun auch Lucias Eltern zu überreden. Sie war mit einem Charme gesegnet, mit dem sie wirklich jeden um den Finger wickeln konnte, wenn sie es wollte.

Wie sagte man denn bloß *Sie hat einen guten Draht zu ihnen* auf Englisch? Wie konnte er die vertraute Stimmung zwischen Trinity und Lucias Eltern beschreiben? Er wusste, dass Draht *wire* hieß, doch von dieser Art von Draht war hier wohl nicht die Rede.

Also versuchte Valentin, es auf einfachere Weise auszudrücken: »If Trinity asks them, they will come. She has a good understanding with Lucia's parents.«

Das hörte sich zwar ein bisschen holperig an, aber immerhin schien es verständlich gewesen zu sein.

Audrey nickte und wandte sich ihrem Mann zu: »What do you think, Gerry?«

»I think Valentin's the best friend Conor has ever had. And Trinity is an outstanding young lady. If they say we should invite Lucia's parents, then we should invite them.«

Valentin war fassungslos. Gerry Faraday zeigte sich plötzlich von einer ganz anderen Seite. Er war richtig nett!

Trinity lächelte. »You won't regret it.«

Audrey legte ihre Stäbchen hin und stand auf. Sie ging ins Nebenzimmer und kam kurz darauf mit einer Einladungskarte in der Hand zurück. »What are they called?«, fragte sie und nahm einen Stift von der Anrichte.

»Maria and Ricardo«, antwortete Valentin. »Their surname is Serratos.«

Audrey schrieb die Namen auf die Einladung. »Trinity, how do you say *We do hope you'll join us!* in Spanish?«

»Esperamos que vengan«, kam die blitzschnelle Antwort.

Audrey schrieb den Satz auf die Karte. Anschließend signierte sie die Einladung noch und ließ auch ihren Mann unterschreiben.

»Trinity and I can take it to them tomorrow if you like«, schlug Valentin vor.

Trinity schaute Valentin an und lächelte. Sie hatte das schönste Lächeln, das er je gesehen hatte.

»That's very kind«, sagte Audrey. »I look forward to meeting them.«

Gerade hatte Trinity ihre Holzstäbchen auseinandergebrochen, da klingelte ihr Handy. Sie nahm den Anruf entgegen und legte nach einem kurzen Gespräch mit einem enttäuschten Blick auf. »I have to go home«, sagte sie.

»Would you like to take some sushi with you?«, fragte Conors Mutter.

Trinity war schon aufgestanden und schüttelte den Kopf. »No, thanks.«

Wieder sah sie Valentin traurig an. Wollte sie lieber hierbleiben? Seinetwegen?

»I'll bring you to the door.« Valentin sprang schnell auf und eilte bereits aus der Küche. Er hörte, wie sich Trinity von den Faradays verabschiedete, bevor sie Valentin durch den Flur folgte.

»There was something I wanted to ask you«, sagte er, als sie neben ihm vor der Haustür stehen blieb.

Die große Frage.

»What?«, fragte Trinity verwundert.

Er legte seine Hand auf den Türgriff, als suchte er Halt. »I was just thinking ...«

Doch bevor er die Frage stellen konnte, tauchte plötzlich

Conors Mutter im Flur auf. Sie hatte eine Plastiktüte in der Hand.

»Trinity dear, do take some sushi with you. We won't be able to eat it all on our own.«

Trinity nahm die Tüte wenig begeistert entgegen. »Thanks.«

»My pleasure.« Audrey wandte sich an Valentin. »Can you help me carry the champagne into the cellar when you're finished here?«

»Sure.«

»Thanks for coming, Trinity.«

»No problem, Mrs Faraday.«

»Yes, well ...« Audrey schaute etwa ratlos von Trinity zu Valentin, als wüsste sie nicht, was sie jetzt sagen sollte.

Machte sie das mit Absicht?

»I guess I'll go back to the kitchen then.«

Nachdem sie wieder alleine waren, fragte Trinity: »What is it you wanted to ask me?«

Ihre großen, dunklen Augen bohrten Valentin ein Loch ins Herz. Seine Kehle wurde trocken. Er konnte sie jetzt nicht fragen. Er würde es niemals schaffen. Audrey hatte ihm den Moment zerstört.

»It doesn't matter«, stammelte er und öffnete Trinity die Tür. »I'll tell you tomorrow.«

»Okay. What time shall we meet?«

»Eleven?«

»Okay. See you tomorrow at eleven.«

»Bye, Trinity. Have a nice evening.«

»You too.«

Aber einen schönen Abend würde Valentin nun nicht mehr haben.

*

Am Tag seiner Verabredung mit Trinity wurde Valentin schon früh wach, obwohl Sonntag war. Eigentlich hatte er kaum geschlafen. Er hatte die ganze Nacht die Decke über seinem Kopf angestarrt und an Trinity gedacht. Bald würde er wieder nach Hause fliegen müssen, aber er wollte überhaupt nicht zurück. Er dachte über alles nach, was er seit Beginn des Sommers erlebt hatte. Zuerst Anne, dann der Schreckensmoment, als er sie zusammen mit Faruk erwischt hatte. Darauf waren viele qualvolle Wochen gefolgt, in denen Valentin zu nichts zu gebrauchen gewesen war. Doch ohne Anne wäre er niemals nach Amerika gekommen. Ohne die Trennung hätte er die Reise nicht angetreten, und dann hätte er auch nicht Conor kennengelernt.

Und ohne Conor gäbe es keine Trinity.

Die Zeit kroch langsam auf elf Uhr zu. Er hatte sich fest vorgenommen, Trinity heute endlich zu fragen. Wie würde sie auf seine Frage reagieren?

Gut eine Stunde vor der Verabredung meldete sich Conor aus Mexiko. Sie waren inzwischen bei Lucias Opa angekommen und bester Stimmung. Er sagte, dass er Valentin gleich ein Video schicken wollte, das er unbedingt Lucias Eltern zeigen sollte.

»Can you do that for me?«, fragte er.

Natürlich konnte Valentin das. Er hatte ja sowieso vor, Lucias Eltern noch mal zu besuchen. Doch davon erzählte er Conor nichts.

»No problem.«

Außerdem sagte Conor, dass Lucia und er nicht nur ein paar

Tage in Mexiko bleiben wollten, wie ursprünglich geplant, sondern die gesamte Woche. Lucias Opa sei so nett, meinte er, und die ganze Familie wolle Lucia und ihn kennenlernen. Es gab Cousins und Cousinen, Onkel und Tanten. Man konnte nicht einfach direkt wieder abhauen. Conor hatte unterschätzt, was ein Besuch wie dieser auslöste. Es gab eine ganze Vergangenheit, die nachgeholt werden wollte.

»What about school?«, fragte Valentin.

»Tell my mom to write me a sick note.«

»And rehearsals?«

»Trinity and I are good. Marinee can rehearse with the others.«

»You have to call your dad.«

»Why?«

»It's important.«

»Tell him I'm okay.«

»No, Con. You have to talk to him yourself.«

Etwas in Valentins Stimme ließ Conor nachgeben. »Okay, dude. If you say so.«

Conor versicherte Valentin, dass er pünktlich zur Feier zurück sein würde, und meldete sich mit den Worten »Don't forget the video« ab.

Wenige Minuten später landete das Video bereits auf Valentins Phone, und er klickte es an. Es zeigte einen alten, zerknitterten Mann in einem Friseursalon: Lucias Großvater. Leider konnte Valentin ihn nicht verstehen, doch als er Trinity das Video später zeigte, konnte sie alles problemlos übersetzen. Lucias Opa war ein herrlicher Typ, der unbedingt ein gutes Wort für Conor einlegen wollte. Allein dafür hatte es sich schon gelohnt, nach Mexiko zu fahren ...

IM FRISEURSALON / MEXIKO INNEN / TAG

Conor steht in einem Friseursalon.

CONOR

Hi, Valentin, it's been a couple of days ... Get this video to Lucia's parents because ...

Conor filmt einen alten Mann mit Hut.

CONOR

... we've met her grandad.

Hinter dem alten Mann steht Lucia. Sie strahlt.

LUCIA

Hola, mama! Hola, papa! Aqui esta mi abuelo!
(Hi, Mom! Hi, Dad! Mein Opa ist hier!)

LUCIA'S GRANDAD

Hola, mi hija! Como estas?
Hace mucho que no has venido verme.
(Hallo, mein Mädchen! Wie geht's dir? Es ist lange her, dass du mich besucht hast.)

Lucias Opa klopft Conor auf den Rücken.

LUCIA'S GRANDAD

Este hijo aqui, es un tipo muy bueno. Me hace mucho gusto conocerlo.

(Dieser Junge hier ist ein guter Typ. Ich freue mich, ihn kennengelernt zu haben.)

Conor grinst über beide Ohren und nickt in die Kamera.

CONOR

Alright ... See you!

Conor drückt die Aufnahme aus.

Valentin freute sich für die beiden. Auf dem Video sah Lucia überglücklich aus. Ihr Opa war wirklich süß. Auch Conor wirkte entspannt, als wäre er in Mexiko ein Stück reifer geworden. Valentin sah es schon bildlich vor sich, wie Lucias Mutter Rotz und Wasser heulen würde, wenn sie das Video von ihrem Vater anschaute. Vielleicht würde es sogar dazu beitragen, Lucias Vater Conor gegenüber freundlicher zu stimmen.

*

Als es endlich so weit war und Trinity an der Haustür klingelte, hatte Valentin plötzlich das Gefühl, als würde die Zeit stillstehen. Doch als Trinity ihn anlächelte, spielte die Zeit sowieso keine Rolle mehr, auch seine bisherigen Zweifel nicht. Nur Trinity zählte, und sie stand vor ihm.

Trinity und er verabschiedeten sich von Conors Eltern, die ihnen viel Glück beim Überreichen der Einladung wünschten, und stiegen ins Auto.

Bevor sie auf den *Freeway* fuhren, hielt Trinity am örtlichen

Long Lost Family

Einkaufszentrum an, um sich einen Kaffee zu besorgen. Sie war gerade wieder mit dem dampfenden Becher ins Auto gestiegen, als Chelsea an der Motorhaube vorbeilief. Instinktiv duckte sich Valentin leicht auf dem Beifahrersitz, aber sie hatte ihn schon gesehen und lächelte ihn strahlend an.

»Hi, Valentin! Hi, Trinity!«, trällerte sie.

Valentin wurde ganz mulmig zumute. Das Letzte, was er jetzt gebrauchen konnte, war eine hysterische Eifersuchtsszene.

Sie stellte sich neben die Beifahrertür.

Valentin machte das Fenster auf. »Hi, Chelsea.«

»What are you guys up to?«, fragte sie mit freundlicher Stimme.

Valentin zuckte mit den Schultern. Lange Geschichte.

»We were just going into town.«

»Cool! You doing anything special?«

»No, not really.«

Seine Verlegenheit schien Chelsea misstrauisch zu machen. Sie beugte sich tiefer zum Fenster herunter und schaute fragend von Valentin zu Trinity, als würde sie etwas beschäftigen.

»You two aren't an item, are you?«, fragte sie neugierig.

Valentin war sich nicht ganz sicher, was sie damit meinte. Er kannte den Begriff nicht. Aber bevor er etwas dazu sagen konnte, erklärte Trinity: »No. We're just friends.«

Chelsea nickte, wirkte allerdings wenig überzeugt. »Shame«, sagte sie. »You two would make a cute couple.«

War das jetzt ein Trick? Bei Chelsea wusste man es nie. In einem Moment konnte sie übertrieben freundlich sein, im nächsten spie sie Feuer.

»Listen guys, there's something I wanted to say«, sagte sie

und senkte verlegen den Blick. »I'm sorry I was so mean to you. I was a real bitch.«

Ihre Entschuldigung überraschte Valentin. »No, no, not at all!«, sagte er schnell. Vor wenigen Wochen wäre Chelsea ausgeflippt, wenn jemand sie eine *bitch* genannt hätte.

»I was just so jealous of you«, fuhr sie unbeirrt fort und schaute dabei Trinity an. »I always wanted to be as cool as you, but I couldn't be. I'm sorry about the video with Teddy. That was so stupid of me. I know you two aren't really dating. I just thought Valentin would ...«

Sie beendete den Satz nicht.

Plötzlich sah Valentin einen Jungen, der vor dem Auto auf dem Bürgersteig stehen blieb und zu ihnen hinüberblickte. Er trug zwei große Einkaufstaschen in den Händen.

»Hey, Chels. There you are!«, rief er ihr zu.

Chelsea drehte sich um und lächelte. »Hi, Jason!«

»You wanna get something to eat?«, fragte er. »I'm starving.«

Chelsea lachte verlegen und deutete auf den wartenden Jungen. »My boyfriend.«

Valentin machte den Mund auf, um etwas zu sagen, aber es kam kein Ton heraus.

Trinity kicherte. »Cool.«

»See you around, guys«, sagte Chelsea durch das offene Fenster.

Sie stieß sich von der Beifahrertür ab und eilte dem Jungen entgegen, den sie liebevoll auf den Mund küsste. Er legte seinen Arm um ihre Schulter, und die beiden schlenderten zusammen davon.

Valentin und Trinity schauten ihnen schweigend nach

und konnten ihren Augen kaum trauen. Chelsea hatte einen Freund!

Trinity lachte ungläubig. »That is so amazing.«

»It's the best thing ever.«

»She looks so happy.«

»She deserves it.«

Für einen Augenblick war es still im Auto.

Schließlich drehte sich Valentin zu Trinity und fragte: »That thing she said about us being an item. What did she mean by that?«

Eigentlich wusste er es ganz genau – Trinity hatte die Frage ja schon beantwortet –, aber es machte ihm Spaß, den Ahnungslosen zu spielen.

Trinity errötete ein wenig. »Being an item is, like, when you date someone.«

»You mean, like girlfriend and boyfriend?«

»Yes. Like girlfriend and boyfriend.«

Sie senkte den Blick.

»And Chelsea thought that you and I ...?« Er zeigte erst auf Trinity, dann auf sich selbst und lachte. »That's so funny.«

»Yes, it is«, stimmte ihm Trinity zu.

Er ließ den Satz eine Weile so im Raum stehen. Als Trinity gerade den Motor starten wollte, fragte er: »So what do you think?«

Trinity hielt inne und schaute überrascht auf. »About what?«

»About being an item.«

»I'm sorry. I don't ...«

»I mean, you and me.«

»You and me?«

»Yeah. Like Chelsea said.«

»I really don't get what you ...«

»That's what I wanted to ask you yesterday«, unterbrach sie Valentin, und auf einmal fiel es ihm so leicht, es auszusprechen: »I wanted to ask you if you'd go out with me.«

Die Luft im Auto flimmerte vor Spannung. Trinity schaute Valentin ungläubig an. Sie blickte weg, zu einer Stelle irgendwo unter dem Armaturenbrett, und lachte leise in sich hinein. Dann sah sie ihn wieder an.

Diese Augen!

»When are you going back to Germany?«, fragte sie.

»In two weeks.«

»Two weeks«, wiederholte sie nachdenklich. »That's not much time.«

»No, it's not.«

»It would be a very short relationship.«

»My shortest.«

»We'd have to be careful not to fall in love.«

»Very careful.«

»Why didn't you ask me sooner?«

»That's a very good question.«

Sie lächelte, überlegte noch kurz und küsste ihn. Es war nur ein kurzer Kuss, aber er setzte jede Zelle seines Körpers in Flammen.

»Okay«, sagte Trinity. »Why not?«

»Great«, stammelte Valentin, der sich von den Nachwirkungen des Kusses erst einmal erholen musste. Er fühlte sich leicht wie eine Feder. Endlich hatte er es geschafft! Er hatte sich getraut, sie zu fragen, und war überglücklich!

»We could go to the beach on the way back from Lucia's parents«, schlug er vor.

»Sounds good to me.« Trinity startete den Motor. »You've got yourself a date.«

Und so machten sie es auch. Nach einem kurzen Besuch in City Heights, um Lucias Eltern das Video aus Mexiko zu zeigen und die Einladung von den Faradays zu übergeben, fuhren sie zum Strand.

Lucias Eltern waren begeistert gewesen. Es gab viele Tränen, aber diesmal waren es Freudentränen. Lucias Mutter umarmte die beiden und lobte Conors Mut. Als Trinity Herrn Serratos die Einladung von Conors Eltern überreichte, war er sichtlich überfordert, aber sie redete weiter auf ihn ein, bis er die Wichtigkeit der Einladung begriff und sie annahm.

Es war ein schönes Gefühl, danach mit Trinity allein zu sein. Sie fuhren zum gleichen Strand, an dem Valentin Conor kennengelernt hatte. Sie gingen Hand in Hand am Wasser entlang und redeten über Trinitys Familie, über Valentins Leben in Deutschland, über Conor und Lucia, über die Familie Kirby, über Marinee und die Schule und am Ende sogar über Teddy und Anne.

Und als sie lange genug gelaufen waren, setzten sie sich vor einem Rettungshäuschen in den Sand, um den Sonnenuntergang anzuschauen. Das Meer wogte sanft unter den letzten Sonnenstrahlen des Tages hin und her. Es wurde kühl, und als Trinity eine Gänsehaut bekam, legte ihr Valentin den Arm um die Schulter. Sie lehnte ihren Kopf gegen seine Schulter und umarmte ihn, bis die Sonne ganz rot am Himmel stand und das Meer glitzerte.

Dann küssten sie sich wieder, und es war magisch. Trinitys Lippen auf seinen, so unvergesslich zart – es war der schönste Moment seines Lebens. Valentin hatte lange darauf gewartet, und es fühlte sich gut an. Die Berührungen ihrer Nasen, als sie sich streiften, der Blick in ihren Augen, ihr Lächeln. Dafür hätte sich jede Reise rund um die Welt gelohnt. Nur für diesen einen Augenblick.

Als er Trinity noch einmal küsste, wurde Valentin klar, dass ein Leben ohne Liebe kein Leben sein kann. Es war besser, die Gefahren eines gebrochenen Herzens in Kauf zu nehmen, als die Liebe auszuschließen.

Und für Trinity empfand Valentin nichts anderes als Liebe.

Cloud Nine

Valentin hatte nun sechsundachtzig Tage in den USA verbracht. Zwei Wochen blieben ihm noch. Er war neuntausend Kilometer geflogen, um die Erinnerungen an seine gescheiterte Beziehung hinter sich zu lassen. Vor der Abreise hatte er sich vorgenommen, die Gefahren der Liebe tunlichst zu vermeiden. Jetzt war es gekommen, wie es kommen musste: Valentin war nicht nur ein bisschen verknallt, er hatte sich bis über beide Ohren in Trinity verliebt. Und das Gefühl wuchs von Tag zu Tag.

Die letzte Woche vor der großen Feier verging wie im Flug. Trinity und Valentin trafen sich jeden Tag nach der Schule, um zum Strand zu fahren. Dort schauten sie sich die Sonnenuntergänge an, spazierten auf und ab, lachten und küssten sich. Es gab keine freie Minute, die sie nicht miteinander verbrachten, als wäre die verbleibende Zeit zu kostbar, um gedankenlos verschenkt zu werden. Sie mieden beide das Thema des bevorstehenden Abschieds.

Wenn Valentin von seinem Leben in Hamburg erzählte, dachte er mit gemischten Gefühlen an seine Heimat. Einerseits freute er sich darauf, seine Familie, seinen Freund Matze und die anderen Jungs aus dem Schwimmverein bald wiederzusehen, die gewohnten Straßen entlangzugehen, die vertrauten Gerüche zu riechen, die bekannten Geschmäcke zu kosten und endlich wieder mit dem Rad fahren zu können – alles Sachen, die es in Amerika für ihn nicht gab. Andererseits graute es ihm bei der Vorstellung, dass er sich bald von Trinity verabschieden musste. Auch Conor würde er vermissen – und Lucia bestimmt ebenfalls –, aber er war sich sicher, dass er mit Conor in Kontakt bleiben würde. Es würde kein Abschied für immer werden.

Doch mit Trinity war es noch mal etwas anderes. Das Problem war nicht, den Kontakt zu ihr aufrechtzuerhalten, sondern das, was dabei verloren gehen würde. Auf Skype konnte man sich nicht berühren. Kein Video der Welt schaffte es, die Nähe zu ersetzen. Jedes Wort von ihr würde ihn nur daran erinnern, wie weit weg sie war, nicht, wie nah sie einander eigentlich standen. Trinity würde ihm schrecklich fehlen.

Es war dieses Gefühl, das Valentin von Anfang an vermeiden wollte, und bald stand ihm die Trennung bevor.

Aber sobald traurige Gedanken Besitz von ihm ergriffen, schüttelte er sie ab. Er hatte beschlossen, jeden Augenblick seiner letzten Wochen zu genießen. Er hatte keine Zeit für Melancholie. Er wollte nur mit Trinity zusammen sein.

So küssten die beiden sich jeden Tag nicht ein Mal, nicht zwei Mal, sondern hundert Mal – ein Mal für jeden Tag, den Valentin in den USA war. Und manchmal küssten sie sich noch öfter – für die Tage, an denen sie getrennt sein würden.

Es war schön, mit Trinity Zeit zu verbringen. Es gab nichts, was Valentin ihr nicht erzählen konnte, nichts, was sie nicht gemeinsam unternehmen wollten. Conor hatte von Beginn an recht gehabt: Sie passten zusammen wie Feuer und Flamme.

Lustigerweise war das nicht nur Conor schnell klar gewesen, sondern scheinbar auch einigen anderen aus ihrem Umfeld, inklusive Chelsea. Denn nach ihrer Entschuldigung auf dem Parkplatz meldete sich Chelsea noch einmal bei Valentin und schickte ihm ein Video. Valentin fürchtete ein weiteres Fiasko, aber ihre Nachricht beruhigte ihn prompt: *Don't worry, it's a nice video this time. I should have sent it to you weeks ago. She liked you from the start, you know.*

She? Redete Chelsea von Trinity?

Valentin zögerte diesmal keine Sekunde. Während seines Aufenthalts in Amerika hatte er schon vier Videos von Chelsea bekommen, und eines war schlimmer als das andere gewesen. Doch jetzt hatte er das Gefühl, dass Chelsea es gut mit ihm meinte. Er drückte gespannt auf *Play* ...

BEI TRINITY ZU HAUSE — INNEN / TAG

Chelsea filmt Trinity, die vor einem Spiegel steht.

TRINITY

Are you filming me?

Chelsea senkt unauffällig die Kamera.

CHELSEA

No. I'm just texting someone.

Trinity schaut wieder in den Spiegel. Chelsea richtet ihr Phone heimlich auf sie und wartet einen Augenblick.

CHELSEA

So have you seen that German boy around?

Trinity dreht sich überrascht um.

TRINITY

Valentin?

CHELSEA

Yeah.

TRINITY

Yeah. He comes to rehearsals a lot.

CHELSEA

What do you think of him?

TRINITY

He's sweet. Nice.

CHELSEA

Do you like him?

TRINITY

No! No! He's just nice.

CHELSEA

So you like him?

TRINITY

I like him as a person. That's it. He's just different to me than most guys. It's refreshing.

CHELSEA

You should ask him out.

TRINITY

I don't like him like that. He's ...

CHELSEA

You just called him refreshing.

TRINITY

He's refreshing as a person. He doesn't even like me like that.

CHELSEA

How do you know?

TRINITY

Chelsea, I just know. If a guy likes me, he always just goes for it. He asks me out right away. He's not like that at all.

CHELSEA

Well, like you said, he's different.

TRINITY

Yeah. He is different.

Chelsea drückt die Aufnahme aus.

Flashback

Valentin stellte fest, dass das Video am Ende seiner ersten Woche in der *High School* aufgenommen worden war, noch bevor Chelsea ihm die erste Liebeserklärung geschickt hatte. Obwohl Trinity es in der Aufnahme vehement bestritten hatte, war es offensichtlich, dass sie Valentin mochte. Ob alles anders gekommen wäre, wenn er das damals schon gewusst hätte? Wäre er vielleicht viel früher mit Trinity zusammengekommen? Hätten sie mehr Zeit miteinander verbringen können als nur die wenigen Tage, die ihnen übrig blieben? Ein deprimierender Gedanke!

Trotzdem freute sich Valentin über das Video. Er schrieb Chelsea ein kurzes *Thanks* zurück, woraufhin sie sich mit der nettesten Nachricht überhaupt zurückmeldete: *I hope you guys are really happy together. Good luck, Chelsea.*

Valentin hoffte ebenfalls, dass Chelsea mit ihrem neuen Freund lange glücklich sein würde und dass sie nie wieder einen solchen Tiefpunkt erleben musste wie an dem Tag, als sie sich das Leben nehmen wollte.

*

Am Freitagabend waren Conor und Lucia noch immer nicht aus Mexiko zurück. Sie planten, am Samstag früh aufzustehen und die ganze Strecke in einem Rutsch nach Hause zu fahren. Gerry hatte ihnen zwar davon abgeraten, aber seine Argumente kamen nicht bei Conor an. Der Sturkopf hatte es sich so vorgenommen, also würde der Sturkopf es auch so machen. Wie der Vater, so der Sohn.

Stattdessen mussten sich die Faradays mit ihren zwei »Ersatzkindern« Trinity und Valentin begnügen, die viel Zeit bei ihnen zu Hause verbrachten, meistens in Valentins Zimmer.

Trinity verstand sich gut mit Conors Eltern, so wie sie sich mit fast jedem gut verstand – eine ungewöhnliche Gabe, die Valentin bewunderte. Zusammen mit Conors Eltern trafen sie die letzten Vorbereitungen für die Feier und halfen ihnen dabei, die Lichter im Garten aufzustellen, überflüssige Möbelstücke in die Garagen zu tragen und die Räumlichkeiten für die vielen Gäste herzurichten.

Am Samstagvormittag war alles fertig. Die Gäste konnten kommen.

Conors große Schwester kam aus *Harvard* zurückgeflogen, darum zog Valentin vorübergehend in Gerrys Arbeitszimmer. Kate war ihrer Mutter wie aus dem Gesicht geschnitten und trat genauso selbstsicher auf wie ihr Vater. Sie grüßte Valentin herzlich und flüsterte Trinity mit einem Augenzwinkern zu, »your boyfriend's cute« – gerade laut genug, damit Valentin es hören konnte.

Nun fehlten nur noch Conor und Lucia. Valentin führte sich die Strecke, die die beiden zurücklegen mussten, gedanklich vor Augen: Eine Entfernung, die ungefähr der von Hamburg nach München entsprach. Acht, neun Stunden Fahrt, je nach Verkehr. Aber durch Mexiko? Valentin hatte keine Ahnung, in welchem Zustand die Straßen dort waren.

Am Nachmittag telefonierte Trinity mit Lucias Mutter, um sicherzugehen, dass die Überraschungsgäste auch wirklich kommen würden. Frau Serratos beteuerte, dass sie und ihr Mann sich schon freuten.

Trinity war ziemlich aufgeregt. Den ganzen Tag über lief sie mit einem halb vollen Kaffeebecher in der Hand herum und beschäftigte sich mit irgendwelchen Kleinigkeiten, die eigentlich nicht wichtig waren.

Valentin musste schmunzeln. Die coole Trinity, die immer so souverän war, zeigte jetzt, dass sie Nerven hatte. Sie war hibbeliger als ein kleines Kind, aber irgendwann gab es auch für Trinity nichts mehr zu tun – außer zu warten.

Audrey war schon längst beim Friseur gewesen, hatte mittags ihre Pediküre- und Maniküre-Termine erledigt, während Gerry eine letzte Runde Golf gespielt hatte. Dann hatten die beiden sich gemeinsam in ihre Schlafzimmerdomäne zurückgezogen, um sich für den feierlichen Anlass fertig zu machen.

Am späten Nachmittag gab es noch immer kein Lebenszeichen von Conor und Lucia. Die Köche bauten bereits ihre Ausrüstung im Garten auf. Es wurde gebrutzelt, und leckere Gerüche zogen ins Haus hinein.

Als Trinitys Phone klingelte und Lucia sich bei ihr meldete, um zu sagen, dass sie so gut wie da wären, trug Trinity noch immer ihre Schlabberhose und hielt den Kaffebecher nach wie vor fest in der Hand.

Endlich waren Conor und Lucia zu Hause! Es war ein fröhliches Wiedersehen, aber beide verloren keine Sekunde, sondern stürzten direkt ins Haus, um sich den Staub von der langen Autofahrt abzuduschen und sich für die Feier frisch zu machen.

Während er sich umzog, erzählte Conor Valentin von seiner Reise ins Nachbarland, von Lucias Familie und ihrer Herzlichkeit ihm gegenüber. Er erzählte auch von der Armut, in der sie lebten, und den Schwierigkeiten, die sie tagtäglich überwinden mussten. Valentin hatte den Eindruck, dass Conor durch die Reise nach Mexiko zufriedener mit seinem eigenen Leben geworden war. Er hatte nur

Back Home

ein Mal über die Grenze fahren müssen, um festzustellen, wie gut er es zu Hause hatte. Die Woche hatte nicht nur seine Beziehung zu Lucia gerettet, sie hatte auch seinen Blick auf die Welt verändert.

Doch es blieb keine Zeit für ein langes Gespräch zwischen Conor und Valentin. Die beiden gingen ins Badezimmer, wo die Mädchen sich bereits schminkten. Conor wartete geduldig, bis Lucia ihm mit seiner Krawatte helfen konnte, dann blieb nur eine Person übrig, die sich noch nicht umgezogen hatte.

»Valentin! Go get ready!«, sagte Trinity empört, als sie sah, dass Valentin sie vor dem Spiegel filmte. Die Kamera war sein stetiger Begleiter, als wollte er seine Freunde auf diese Weise mit nach Deutschland zurücknehmen.

Conor schaute ihn ebenfalls an, als hätte er nicht mehr alle Tassen im Schrank. »Seriously, man! Come on!!«

Als die vier Freunde schließlich alle fertig waren, brachte Conor Lucia nach unten und stellte sie seinen Eltern vor. Er war nervös, aber nicht angespannt, und Valentin merkte, dass sich in der Zwischenzeit auch etwas in der Beziehung zu seinen Eltern verändert hatte. Hatten sie mehr Verständnis füreinander? Begegneten sie sich gegenseitig mit mehr Respekt? Von einem großen Eklat waren sie jedenfalls meilenweit entfernt. Conors Eltern waren in erster Linie heilfroh, dass ihr Sohn gesund und munter wieder zu Hause war – und das hatten sie zum Großteil Lucia zu verdanken.

Gerry war der Erste, der ihr die Hand gab. »You must be Lucia«, sagte er und lächelte.

Sie nickte. »Yes.«

»It's nice to meet you.«

Last Minute

»It's nice to meet you, too.«

»We hope you feel at home«, sagte Audrey und berührte sanft Lucias Schulter. »If there's anything you need, let us know.«

Conor sagte nichts, weil er nicht in der Lage war zu sprechen. So hatte er seine Eltern noch nie erlebt. Ihre aufrichtige Freundlichkeit Lucia gegenüber überwältigte sogar Valentin.

»Please excuse us, dear«, sagte Audrey, die nun Richtung Haustür ging, wo bereits die ersten Gäste ankamen. »We hope you enjoy the evening. And, please, make sure Conor doesn't get up to any mischief. Last year he jumped into the pool at midnight!«

Lucia lachte und drückte Conors Hand.

Conors Vater folgte seiner Frau zur Tür. Als er an Conor vorbeiging, flüsterte er ihm ins Ohr: »She's beautiful.«

Valentin genoss die folgenden Minuten, in denen Conor seine Sprachlosigkeit nicht überwinden konnte. Er lief wie benommen durch das Haus und konnte keine zwei Worte herausbringen.

Schließlich schüttelte Conor den Kopf und fragte Valentin: »What did you do with them?«

»They are aliens living in your parents' bodies«, erklärte Valentin. »Your real mom and dad were abducted and have been taken to the planet Mars for human research.«

Und bei dieser Erklärung beließ er es.

Doch die größte Überraschung des Abends sollte noch kommen. Lucia traute ihren Augen kaum, als ihre Eltern zu späterer Stunde plötzlich die Terrasse betraten.

»Mama? Papa? Que hacen aqui?!«

Es war ein tränenreiches Wiedersehen, die Freude war groß. Mittlerweile hatte Valentin den Eindruck, dass Lucias Mutter einfach gerne weinte, so wie andere Menschen gerne lachen. Es war nicht schlimm, es war einfach ihre Art, und es hatte etwas Rührendes.

Die kleine Familie setzte sich unter das Strohdach des Gartenhäuschens und redete stundenlang miteinander. Es gab viel zu erzählen.

Und während die Party in vollem Gange war, bewunderte Valentin seine Freundin, die immer wieder von Gästen angesprochen wurde und sich scheinbar größter Bekanntheit und Beliebtheit erfreute. Die illustre Runde kreiste um Trinitys lächelndes Gesicht wie Motten um das Licht, und Valentin hatte das Gefühl, dass er Trinity wohl oder übel eine Weile teilen musste. Doch es störte ihn nicht. In regelmäßigen Abständen kam sie zu ihm zurück, drückte seine Hand und küsste ihn. Eine Weile saßen sie gemeinsam in der Hängematte und beobachteten die Gäste, als würden sie sie durch die gleichen Augen sehen.

Valentin hätte sich keinen schöneren Abschluss für seine Zeit in San Diego wünschen können. Er hatte hier nicht nur einen guten Freund, sondern auch eine tolle Freundin gefunden, und er hatte dabei geholfen, zwei Familien zusammenzubringen. Es war nur ein Tropfen im Ozean, aber es sind genau diese Tropfen, die die Welt verändern, nicht die Stürme.

Während Trinity wieder von einer Gruppe redseliger Frauen entführt wurde und Lucia noch mit ihren Eltern sprach, kam Conor auf Valentin zu und setzte sich neben ihn an den Pool.

»Nice party, huh?«, fragte er.

Valentin nickte. Er hatte noch nie so viele gut angezogene Menschen auf einem Haufen gesehen. Er kam sich vor wie auf der Oscar-Verleihung.

»You and Trinity, huh?«, sagte Conor schmunzelnd. »You finally did it. Well done, dude!«

»Thanks.«

»Not that I didn't tell you to do it earlier. I mean, you should have listened to me, you know. I'm a smart guy.«

»I should have.«

»Oh, well, you can't turn back time«, seufzte Conor und stand wieder auf. Er griff in seine Jackentasche und holte einen Briefumschlag hervor. »But you can extend it.«

Er reichte Valentin den Umschlag, der ihn verwundert entgegennahm.

»When I was down in Mexico, I had a bit of time on my hands«, fuhr Conor fort. »Lucia had a lot to talk about with her family, so, me, well, I got kinda bored. And then I had an idea. Your friend, Matze, is a really nice guy.«

»You spoke with Matze?«, fragte Valentin verblüfft.

»Yeah. I had to. I didn't have your parents' telephone number.«

»My parents telephone number?« Valentin konnte ihm gar nicht folgen. Wovon sprach er? »You spoke to them, too?«

»No, no. My dad spoke to your dad.«

»Your dad? I don't understand. What did ...?«

Conor schnipste gegen den Briefumschlag in Valentins Händen. »Open it. You'll be home in time for Christmas.« Er drehte sich um und schaute kurz zu Trinity, die nun mit seinem Vater in ein Gespräch vertieft war. »I always said she is the right girl for you.«

Bevor Valentin noch etwas erwidern konnte, ging Conor zum Gartenhäuschen zurück, um sich zu Lucia und ihrer Familie zu setzen.

Mit leichtem Herzrasen machte Valentin den Umschlag auf

und holte den Brief hervor. *American Airlines*, stand auf dem Briefkopf, und darunter die Worte: *Change of reservation. Date of Departure: 12/19/2015*.

Conor hatte seinen Flug umgebucht!

»Conor!«, rief er und sprang auf.

Da stand Trinity plötzlich vor ihm. »Everything okay?«, fragte sie.

»Yeah«, stammelte er. »Everything's fine.«

Ihr Blick wanderte zu dem Brief in seiner Hand. »What's that?«

»This?« Er hielt das Blatt hoch, als wüsste er es auch noch nicht genau. Dann wurde ihm auf einen Schlag bewusst, was es bedeutete: »This is three more weeks.«

»Three more weeks?«

»Yeah. Three more weeks. For you and me.«

Trinity runzelte die Stirn. »I don't understand.«

Valentins Augen leuchteten. »Conor changed my flight! His dad spoke to my dad. I'm not flying back until December nineteen. We have three more weeks together!«

Trinity hüpfte vor Freude in die Luft und warf Valentin die Arme um den Hals. Aus hundert Tagen wurden nun hundertzwanzig, und Valentin wusste, dass er jede Minute davon genießen würde.

Final Dance

THE END

Nachwort

California Dreaming ist keine wahre Geschichte, aber sie beruht auf vielen wahren Begebenheiten, die aus dem Leben unterschiedlicher Menschen stammen.

Jedes Jahr fliegen Hunderte von Jugendlichen aus Deutschland in die USA, um dort ihre Erfahrungen zu machen und Abenteuer zu erleben. Jeder erlebt etwas anderes, je nachdem, wohin es ihn verschlägt: ob in die Großstadt, in die Prärien des Mittleren Westens, nach Norden, nach Süden, an die Ost- oder an die Westküste. Wie auch die Hauptfigur dieses Buches schnell feststellt, erwarten einen in Amerika Dimensionen, die wir aus Europa gar nicht kennen. Die Großstädte, das ländliche Leben und die Entfernungen sind anders als bei uns in Deutschland, und die Vielfalt Amerikas ist überwältigend – gerade aufgrund der Vielfältigkeit ist es nahezu unmöglich, ein eindeutiges Bild von den USA zu entwerfen.

Die erste Krise, in die Valentin schlittert, basiert zum Beispiel auf einem realen Ereignis. Vor langer Zeit flog ein Freund von mir mit siebzehn in die USA und geriet in eine Familie, in der es eine sehr aufdringliche Gastmutter gab. Sie wagte zwar keinen direkten Annäherungsversuch, so wie Cathleen, doch sie machte deutlich, dass sie mehr von ihm wollte. Mein Freund fühlte sich bedrängt und war von ihr angeekelt. Leider kam er nicht so glimpflich aus der Nummer heraus wie Valentin.

Andere wahre Ereignisse spiegeln sich in der Figur von Lucia wider. Ein Mädchen mexikanischer Herkunft, das ich vor einigen Jahren in San Diego kennengelernt habe, hat mich zu dieser Figur inspiriert. Damals war ich im Auftrag des deutschen Fernsehens unterwegs und drehte in Missouri und in San Diego einige Dokumentarfilme über amerikanische Jugendliche. Einer der Filme schilderte das Leben eines Mädchens aus City Heights, dem sozialen Brennpunkt in der Innenstadt von San Diego. Das Mädchen hieß Rosa und war damals fünfzehn Jahre alt. Genau wie bei Lucia kamen ihre Eltern aus Mexiko und waren illegal im Land. Sie hatten eine Arbeit – er als Gärtner, sie als Putzfrau –, aber sie waren noch nie nach Mexiko zurückgefahren, weil sie Angst davor hatten, dadurch ihre Jobs zu verlieren. So kam es, dass Rosa ihre Großeltern niemals kennengelernt hatte, obwohl sie nur ein paar Hundert Kilometer entfernt lebten. Wie im Falle von Lucias Familie sprachen auch Rosas Eltern nahezu kein Englisch. Sie waren arm und hatten trotzdem zwei Autos und einen riesigen *Flatscreen*. Ihr Haus war klein und dunkel. Die Kinder schliefen zu dritt in einem Zimmer, das kaum groß genug für ihre Betten war.

Drei Jahre später traf ich Rosa bei den Dreharbeiten für dieses Buch wieder. Sie war mittlerweile neunzehn und hatte ein Stipendium bekommen, um in San Francisco zu studieren. Es ging ihr gut. Rosa war der Beweis dafür, dass man doch aus der Armut herauskommen kann – allerdings nicht ohne Weiteres. Rosa hatte jede Chance genutzt, die sich ihr geboten hatte, und das zeichnete sie aus. Schon früh, im Alter von fünfzehn, hatte sie an einem Programm für benachteiligte Jugendliche teilgenommen und jeden Kurs besucht, der kostenlos angeboten wurde. Sie hatte alles dafür getan, um sich weiterzubilden. Und weil ihre Eltern sie nicht in die örtliche *High School* geschickt hatten – wo auf dem Schulhof hauptsächlich Spanisch gesprochen wurde –, sondern auf eine Schule in einem anderen Viertel, hatte sie ein gutes Englisch gelernt. In ihren Leistungskursen war sie immer das einzige Mädchen mexikanischer Herkunft gewesen. Sie hatte es bisher nicht leicht gehabt, aber sie war inzwischen auf dem besten Weg in ein schöneres Leben.

Für die Dreharbeiten in San Diego spielten drei Jugendliche die Figuren von Lucia, Conor und Trinity. Die drei stammten tatsächlich jeweils genau aus den Gegenden, in denen auch die Figuren leben. Stacy, die Lucia spielte, kam aus City Heights, und in vielerlei Hinsicht war ihre Familiengeschichte noch bewegter als die von Lucia oder Rosa.

Die Schauspieler, die Conor und Trinity verkörperten, besuchten auch im wahren Leben die *Torrey Pines High School*. Ihre Familien waren wohlhabend, sie führten ein privilegiertes Leben. Die Eltern der Schauspieler waren allerdings anders als die Eltern von Conor und zeigten sich während der Dreharbeiten dem Mädchen aus City Heights gegenüber sehr offen. Trotzdem waren auch sie bisher noch nie im Brennpunktviertel gewesen. Ihre Kinder mittlerweile schon – aber nur wegen der Dreharbeiten.

Die Unterschiede zwischen den Jugendlichen aus Torrey Pines und City Heights fielen bei den Dreharbeiten stark auf. Benachteiligung hinterlässt viele Spuren, die schwer zu beseitigen sind. Die Frage, ob ein Mädchen wie Lucia wirklich jemals mit einem Jungen wie Conor zusammen sein könnte, bleibt für mich nach dieser Erfahrung daher noch offen.

Genau aus diesem Grund habe ich das Buch geschrieben. Ich wollte das Szenario durchspielen, es aus verschiedenen Blickwinkeln anschauen und ein kleines Wunder geschehen lassen.

California Dreaming mag vielleicht keine wahre Geschichte sein, doch sie ist viel näher an der Wirklichkeit dran, als man es gerne hätte. Man sieht die Unterschiede in den Gesichtern der Schauspieler, man hört es an ihrem Duktus – ich habe es hautnah bei den Dreharbeiten miterlebt.

DAVID FERMER, APRIL 2015

Danksagungen

Danke an meine Frau Phillis für ihre Unterstützung.

Danke an Kenan Bouzida, Kate Kania und Stacy Valerio aus San Diego, die die Rollen von Conor, Trinity und Lucia mit solcher Hingabe spielten.

Danke an Amy Ni, die in die Rolle von Chelsea schlüpfte und mithalf, die Nebenhandlung zu entwickeln.

Danke an Esneider Villaneuva, der Lucias Freund Esteban verkörperte.

Thanks also to their parents for letting us film at their houses, particularly the Kania family who were very supportive of this project.

Danke an Julian Mehl, der Valentin seine Stimme verlieh.

Danke an die großartige Theaterlehrerin Marinee Paynee in Torrey Pines und an ihr ebenfalls großartiges Gegenüber Michael Heu in City Heights, die dieses Projekt ermöglichten.

Thanks also to their schools, *Torrey Pines High School* and *Herbert Hoover High School*, for letting me film on location.

Und zuletzt danke an das Fischrestaurant *Top of the Market*, ein sehr empfehlenswertes Lokal in San Diego!

Zitatnachweise

Sämtliche Zitate stammen aus dem Werk:
Shakespeare, William: The Complete Works (Oxford Standard Authors). Oxford: Oxford University Press 1988.

1 Shakespeare, Romeo and Juliet, Akt I, Szene I, V. 243
2 Shakespeare, Romeo and Juliet, Akt II, Szene II, V. 30
3 Shakespeare, Romeo and Juliet, Akt II, Szene II, V. 2–3
4 Shakespeare, Romeo and Juliet, Akt II, Szene II, V. 23–25
5 Shakespeare, Romeo and Juliet, Akt II, Szene II, V. 26
6 Shakespeare, Romeo and Juliet, Akt II, Szene II, V. 26
7 Shakespeare, Romeo and Juliet, Akt II, Szene II, V. 27–30
8 Shakespeare, Romeo and Juliet, Akt II, Szene II, V. 30
9 Shakespeare, Midsummer-Night's Dream, Akt I, Szene I, V. 134